欢迎来到实力至上主义的教室 ②

轻井泽惠

第一时间就成为了人气极高的平田的女朋友。非常时尚，意外地擅长学习和运动。

我也赞成。

我认为这种从一开始就怀疑同班同学的行为是错误的。

平田洋介

外貌出众，擅长与人打交道。学习成绩优秀，在女生中人气极高。

对不起，我没什么存在感……早安……

佐仓爱里

戴着眼镜、束起长发、没有什么存在感的少女。非常讨厌引人注目。

一之濑猛然张开右手，如此高声宣言。总觉得就算我不逐一说明，交给一之濑就都没问题了。

坏蛋总是会固执到最后，是时候让你们接受制裁了！

欢迎来到实力至上主义的教室 ②

c o n t e n t s

欢迎来到实力至上主义的教室

②

〔日〕**衣笠彰梧** 著

虎虎 译

人民文学出版社

PEOPLE'S LITERATURE PUBLISHING HOUSE

著作权合同登记：图字 01-2019-4304 号

YOUKOSO JITSURYOKUSHIJOUSHUGI NO KYOUSHITSU E Vol. 2
© Syougo Kinugasa 2015
First published in Japan in 2015 by KADOKAWA CORPORATION，Tokyo.
Simplified Chinese translation rights arranged with KADOKAWA CORPORATION，
Tokyo through Timo Associates Inc.，Japan.

图书在版编目(CIP)数据

欢迎来到实力至上主义的教室. 2/（日）衣笠彰梧
著；虎虎译. —北京：人民文学出版社，2020（2025.1 重印）
ISBN 978-7-02-015400-5

Ⅰ. ①欢… Ⅱ. ①衣… ②虎… Ⅲ. ①长篇小说-日
本-现代 Ⅳ. ①I313.45

中国版本图书馆 CIP 数据核字（2019）第 155191 号

责任编辑 朱卫净 任 柳 曹敬雅
装帧设计 钱 珺

出版发行 人民文学出版社
社 址 北京市朝内大街 166 号
邮政编码 100705

印 制 上海盛通时代印刷有限公司
经 销 全国新华书店等

字 数 169 千字
开 本 787 毫米×1092 毫米 1/32
印 张 9.625
版 次 2020 年 2 月北京第 1 版
印 次 2025 年 1 月第 10 次印刷

书 号 978-7-02-015400-5
定 价 42.00 元

如有印装质量问题，请与本社图书销售中心调换。电话：010 - 65233595

佐仓爱里的独白

我很害怕与人打交道。
我很害怕看着人的眼睛说话。
我很害怕在人群中独处。
我早已不记得自己曾几何时开始变成这样子。

唯一能够确定的是人无法独自生存。
不管我有多么喜爱孤独，终究没办法只靠自己活下去。
于是，我找到了一种办法。
那就是戴上面具，隐藏真实的自己活下去。
只有在那个时候，我不再是我，我能变成另一个我。
这样才能够在这漆黑寂寞的世界里活下去。
即使所有人都明白这个事实：世界并非全是美好的
事物。但我们心中某个地方还是会期盼美好的事物。不
得不说是有些矛盾。

不管谁都好，能不能告诉我，
大家是不是都像我一样会在人面前戴上面具呢？
还是不管人前人后，都会展现真实的自己？
与他人毫无瓜葛的我，根本无从得知答案。
因此今天我也是独自一人。

就算一个人也没关系。

就算孤独也没关系。

我……
我是……打从心底渴望能有人与我心灵相通。

而今天我也是依旧一个人静静地低着头。

突如其来的风波

这个点真是糟透了。

我正在找自拍点，居然目睹了事件发生。这是连小小名侦探都只能在一旁屏息观望的紧急状况。事件发生在几十秒前，从一言不合上升到挑衅谩骂，接下来发展成互殴。不，说"互"殴并不正确。三名男生忍痛倒地，红头发男生冷眼旁观他们。胜负显而易见。

我看见他打人的右拳沾染了血丝。这是我人生中第一次撞见真正的打架场面。小学时我虽然曾经看过班上男同学在吵架时拉扯衣服、掐手臂，等等，但是这些都没法与现在的打架场面相提并论。凝重紧张的气氛证实了一切。

尽管恐惧，我还是下意识地用数码相机拍下了这个场景。快门静音拍完后，我也尝试去想想自己到底在做什么，不过当时太过恐慌我无法好好厘清思绪。

我想尽快离开这个地方，但因为脑袋短路，双脚就像是被牢牢束缚住似的无法动弹。

"嘿嘿，须藤你以为做出这种事情……能够全身而退吗？"其中一个勉强撑起上半身的男生虽然害怕，却还是倔强地说道。

"真好笑！三个人一起上还落得这副狼狈样，你们还真逊。听好了，别再来烦我。下次可就没这么简单了。"

须藤同学抓住了几乎丧失斗志的学生的前襟，把脸往前凑近。双方眼睛的距离只有几厘米。须藤用眼看就要上前杀死人的气势威吓对方，结果那个男生受不了似的撇开了视线。

"胆小鬼。你以为人多就赢得了我吗?"

须藤同学一边嗤笑道，一边捡起了掉落在地上的波士顿背包。

他似乎对丧失斗志的三人失去了兴趣，转身离开。

在这个瞬间我的心跳急剧加快。因为须藤同学正朝着我躲藏的方向迈步而来。离开这栋特别教室大楼的路线有限，理论上得从我上来的这个楼梯下去。我错过了逃跑的最佳时机，身体无法随心所欲地移动。听说遇到突发事件的一刹那身体会变得僵硬，我现在正是如此。

"真是浪费时间啊。社团训练之后我已经很累了，你们就饶了我吧。"

我们的距离正在缩短，他就站在离我不远的地方。

"之后要后悔的人可是你啊，须藤。"

一名男生勉强挤出声音叫住须藤同学。

此时，束缚住我的咒语开始慢慢解除。

"没什么是比丧家之犬的吠声更加丢脸的。你们再来几次也都赢不了我啦。"

这些话并不是虚张声势，而是满满的自信。事实上须藤同学也毫发无伤地压制住了这三对一的不利战局。

　　明天就是七月了，夏季早已开始悄悄露脸，天气闷热。

　　动弹不得的我，汗水从颈部缓缓流下。

　　我决定要沉着冷静、悄悄地离开这个地方。

　　我不愿意被人发现而受到牵连。

　　如果被发现了，我安稳的校园生活就会陷入一片险恶之中。

　　我小心翼翼地迅速离开了这个地方。

　　"有谁在吗？"

　　也许我急着想逃走的心情，无意间使气氛产生了变化。须藤同学探头望向我刚刚离开的地方。不过，我还是在千钧一发之际成功走下了楼梯。

　　要是再晚个一两秒，说不定我的背影就会被他看到。

1

　　D班的早晨总是很热闹。毕竟班上本来就有很多不怎么认真学习的学生。

　　不过今天大家比往常更吵闹，原因自然不必多说。今天学校说不定会发放开学以来久违的点数。

　　我就读的这所"高度育成高级中学"采用了一种叫作S点数的独特系统。关于这点我来说明一下。

　　我拿出学校发的手机，开启学校事先安装好的应用程序，输入学号及密码登录，打开菜单中的"余额查询"。

我们可以从"余额查询"里看到很多信息，像是确认自己目前的点数、班级持有的点数，此外还具备转账功能。

点数分为两种，一种的结尾标示着"cl"。这是"class"班级点数的简称，它并不是分配给学生个人，而是以班级为单位所持有的点数。六月，我们 D 班的点数在"余额"上显示的是 0 cl。表示点数是零。另一种点数则标示着"pr"。这是 private 的简称，代表个人持有的点数……也就是个人点数。

系统每月一号将 cl——也就是将班级点数的数字乘以一百，转换成个人点数汇给学生。

个人点数可以用来购买日常用品、吃饭，或者购买电子产品。点数是学校里流通的唯一货币，因此非常重要。

校内无法使用现金，所以个人点数花光的话，就只能过着每天都没有零用钱的生活。

由于 D 班的班级点数是零，因此每个月汇进来的个人点数也是零。我们被迫在没有零用钱的状态下维持生活。

其实我们在开学时收到了一千点的班级点数。

如果能维持那些点数，我们每个月都能获得十万点的个人点数。然而，班级点数每天都会有所增减。课堂中私下交谈或考试成绩不好等因素，会导致点数逐渐削减。因此 D 班五月初的班级点数就已经归零了。悲惨的是这种情况一直持续到现在。

班级点数除了决定每个月的支付金额，也决定着班级的优劣。校方将按照班级点数的数值，从高到低依序分配 A 到 D 班。

如果我们 D 班能得到高于 C 班的班级点数，那下个月开始就可以升上 C 班了吧。假如最后我们可以爬上 A 班并顺利毕业的话，就有可能实现自己所期望的升学以及就业目标。

我当初听到这个制度时，认为最重要的就是累积班级点数。个人点数即使再怎么存也只不过是自我满足。

不过期中考试可以买分数的这件事，却让我的想法为之一变。

须藤在不久前的考试中没考及格，于是我发起了"请学校卖分数"的作战。从学校很干脆就准许了这项请求来看，D 班班主任茶柱老师的话并不只是个玩笑。

"根据学校与学生的契约，在这所学校里，原则上没有东西不能用点数购买。"

也就是说，在学校里持有个人点数就代表着必要时我们能让状况往对自己有利的方向发展。

说不定连考试分数以外的东西都能买到。

"各位早安。你们今天比以往都还更激动呢。"

茶柱老师随着宣告班会开始的铃声进入教室。

"小佐枝老师！我们这个月也是零点吗！早上我检查余额，结果并没有点数汇进来！"

"所以你们才会这么激动吗？"

"我们这个月可是拼死地努力了哦，就连期中考试也都熬过了……但依然还是零，这岂不是太过分了！而且我们也并没有迟到、旷课或私下交谈！"

"别妄下结论，先听我说。池，确实如你所言，我承认你们的努力让人刮目相看，校方当然也能够理解这一点。"

老师的一番教导让池乖乖闭上嘴，坐回到椅子上。

"我现在就来公布这个月的点数。"

老师把手上的纸在黑板上摊开，点数的结果从 A 班开始依序公开。

除了 D 班，其他所有班级的班级点数，都比上个月上升了将近一百点。

A 班甚至还达到了一千零四点这种稍微超出开学时点数的结果。

"这种局面真是让人不开心呢。难道他们已经发现了增加点数的方法？"

我邻座的同学堀北铃音十分在意其他班的状况，不过池等 D 班大多数的学生却一点也不在乎其他班级的点数。最要紧的是自己班的班级点数是否增加了。

D 班标示的是八十七点。

"咦？什么！八十七……代表我们加分了？太好了！"池在发现点数的瞬间跳了起来。

"现在高兴还太早。其他班的同学们都增加了与你们同等或者更多的点数。差距并没有缩小。这就像是送给熬过期中考试的一年级学生的奖励，最低都会发放一百点罢了。"

"原来是这么回事。我还纳闷呢，怎么会突然发放点数。"

对于以 A 班为目标的堀北而言，开学以来久违地获得班级点数，并不是件值得高兴的事情。她的脸上毫无笑意。

"堀北，你很失望吗？也对，班级差距又拉大了。"

"才没有，因为我这次也有所收获。"

"收获是什么啊？"

池站着向堀北问道。集周围视线于一身的堀北无意回答而使班级陷入了沉默。身为班级中心人物的平田洋介见状便代替她回答。

"我们在四月和五月里累积的负债……简单来说，就是私下交谈或迟到，并没有变成隐藏的负分。堀北同学想说的应该就是这个吧。"

脑筋转得快的平田毫不犹豫地这么回答道。了不起！说中了。

"啊，这样呀。假如留下了很多负分，那么即使得到一百点也应该会是零点。"

池理解了平田浅显易懂的说明，便夸张地举起双手，像是在说着"太好了"。

"咦？可是那……为什么点数没有汇进来啊？"

池因为理所当然的疑问而重回原点，看着茶柱老师。

八千七百点的个人点数没有汇进来，的确很奇怪。

"这次发生了一点问题，所以一年级的点数会晚一点发。很抱歉，不过你们就再等一下吧。"

"咦……真的假的啊，这是校方的疏乎，对我们没有什么额外补偿吗？"

其他学生也纷纷发出了不满的声音。学生们一知道原本没有的点数其实是有的，态度就急遽改变。因为零点与八十七点，简直是天壤之别。

"别这样强人所难。这是校方的决定，我也没办法。问题解决后，如果点数还有剩下的话，校方应该就会发放。"

茶柱老师耐人寻味的话语，萦绕在我的耳际。

2

午休时间一到，学生们就开始自由行动。

最近我切身体会到，校园生活中最不好过的就是开始交到朋友但都不够熟的这个时期。以栉田桔梗为例，她的男女朋友都很多，人气极高。不用说会直接被邀请，就连电话或邮件的邀请也是接连不断。她总会因为无法应邀而无可奈何地拒绝对方，或者跟一大群人一起去吃饭。如此每天反复过着这种生活。

另一方面，池和山内他们虽然不受女生欢迎，但是每天都会跟关系好的男生们吃饭。当中也有须藤以及本堂。

而我想说的就是我不属于任何一方。

我跟栉田硬要说的话也算是朋友，而跟池和山内他们也是朋友。不论哪边都会偶尔一起吃饭，可是频率绝不能说是很高。我们的关系大致上是对方前来搭话，问我"要不要一起吃午餐"或者"放学后要不要一起玩"才会建立起来。

刚开学时我不怎么在意这件事。在交到朋友之前，换句话说，我就连能打招呼的对象，以及会跟我打招呼的对象都没有，所以独自一人当然也很正常。

然而到现在这种时期，却发生了"明明有朋友却孤单一人"这种不可思议的现象。

这现象……体验过后感觉实在不是很好。要是我缺席了班级旅行的讨论，不管哪个团体都不会叫我过去。像这种令人想哭的经历，在今后也很有可能会发生。我甚至还如此胡思乱想。"就算是朋友，我也只是个最低阶级的朋友吗?"或者"难道只有我自己认为我们是朋友?"

　　我无法静下心来，不禁往池他们的方向看去。我就在这里啊，你们也可以过来邀请我哦。我的眼神中带有这种淡淡的期待。

　　我对这样的自己感到厌恶，提醒自己这样很不干脆，而后撇开了视线。

　　可耻的是，我每天都在重复这种事情。

　　"你还没跟人完全混熟呀。你还真是一如往常的可悲呢，绫小路同学。"

　　隔壁同学用冷淡的眼神盯着犹豫不决的我。

　　"你完全习惯孤独一人了啊。"

　　"托你的福。"

　　我本来打算挖苦她，不过堀北却大方接受了。

　　大多数同学都组成了小团体，不过班上也存在不少像这家伙一样独自一人的学生。而这也是我唯一的心灵支柱。

　　不仅是堀北，高圆寺大部分时间也都是一个人度过。虽然刚开学时，高圆寺在食堂里跟其他班级或其他年级的女生一起用餐时做出一时之间让人难以相信的行为，但是自从点数开始不够用后，他大多数时间也都是待在教室。

　　日本数一数二的企业——高圆寺财阀，社长的独生子，与其说是喜爱孤独，不如说因为他最喜欢自己，因此对别人都不感兴趣。

他那副对于自己孤单一人的状况完全不苦恼的模样，令我有点敬佩。

而今天他也在心无旁骛地用镜子检查自己的容貌。

另外还有一名戴着眼镜的安静女生。她总是独来独往，我从来都没有看过她和谁说话。

她今天也不出所料正弯着背，吃着便当，是少见的亲手料理派。

我旁边的同学也从书包里拿出便当，打开了便当包巾。

堀北最近不怎么去学生餐厅，而会带亲手做的便当。

"制作便当所需的时间及食材费应该不容小觑吧？"

菜色虽然称不上豪华，但学校餐厅有免费的套餐，那是针对花光点数的学生们准备的救济措施。亲手做便当的好处在于成本，但学校套餐可以将成本压到零，所以吃学校套餐在时间、点数上都比较省。

"你不知道呀？超市里也有免费提供的食材。"

"难道你是用那些食材做的吗？"

堀北不做否定打开了便当盒。里面虽然没什么肉类及油炸物，但是看起来非常好吃。

"原来你不仅文武双全，连煮饭都很擅长啊。虽然这与你的个性很不相配，不过你的手还真是巧欸。"

"只不过是煮饭而已，只要看书或上网查，不论是谁都能做。而且宿舍里用具齐全。"

　　从不说一句废话是堀北引以为傲的才能之一，她淡然地把事情带过，拿出了筷子。正因为觉得理所当然，她才会有如此态度。

　　"可你为什么要特地亲自下厨啊？"

　　"因为学生餐厅很吵，在这里的话就能安静用餐了。"

　　刚开学时，有很多学生会在商店买面包之类的午餐，然而现在考虑到点数，前往学生餐厅吃免费套餐的学生居多。回过神来，教室里就只剩下几名学生而已。

　　对堀北而言，这是她求之不得的环境。说起来，池他们已经不见了。

　　"我又没能乘上这股巨浪吗……"

　　"你总是只眺望着大海，连可以滑出去的冲浪板以及觉悟都没有吧？居然还能说出没乘上巨浪这种话。你也真是个不得了的大人物呢。"

　　我无法反驳这漂亮的吐槽，你就饶了我吧。

3

　　放学后与中午不同，不用烦恼人际关系，所以意外地轻松。

　　只要赶紧回到宿舍就不会引人注目，而且直接回宿舍的人也不少。

　　如忍者般混入人群的那种情景很值得一看。只要紧跟在感情好的小团体后面，也能让自己看起来真的很像是他们的朋友之一。

"真是空虚。"

即使顺利伪装成他们的朋友，也只不过是自我满足。而且说起来这所学校也不会有什么人在意我的交友关系。

"须藤，我有些话想对你说。你来教师办公室一趟吧。"

茶柱老师叫住正急着走出教室的须藤。

"什么？为什么是我？我接下来有篮球的练习欸。"

须藤无精打采地打开包包，拿出球衣给老师看。

"我已经跟社团老师讲好了。来不来都是你的自由，发生什么事，我可不负责。"

对于茶柱老师这句能理解成是在威胁的警告，态度强硬的须藤也有点紧张了起来。

"搞什么啊……很快就会结束吧？"

"这要取决于你的态度。在你拖拖拉拉期间，时间也在流逝。"

既然老师都这么说，须藤也不得不跟去了。

须藤咂嘴后，便跟在茶柱老师身后走出了教室。

"须藤那家伙乍看之下变了，但实际上根本就没有改变。还不如之前就让他退学。"

虽然不知道是谁说的，但班上传来了这种抱怨声。

班上到期中考试时分成了好几个小团体，但整个班级也算团结一致。看来这只是假象。

"你也这么觉得吗，须藤同学退学的话会比较好？"

要回宿舍的堀北一边收拾，一边问。几乎没有学生会每天规规矩矩地把课本带回自己房间里预习、复习吧。太过于正经八百也是个问题。

"我不这么觉得。堀北你身为对须藤伸出援手的一员，又怎么想？"

"这个嘛……他能否为班级带来好处，确实还是个未知数呢。"

我隔壁桌的同学堀北冷淡地回答。

须藤在期中考试遭遇退学危机时，这家伙为了救他而降低了自己的成绩，还花费点数买了关键的一分。她现在这种态度真令人难以想象。

堀北在我离开的同时也站了起来，接着我们两人一起离开了教室。不知从何时开始，我们有时候会一起走回宿舍。我跟她午餐明明都是分开吃，而且也不会一起出去玩，这还真是不可思议。我们的共同点就是放学后都直接回宿舍。

"我有点在意老师今天早上说的话呢。"

"暂缓发放点数的事情吗？"

"对。好像有点小状况，不过不知道这是校方的问题，还是我们学生这方的问题。如果是后者的话……"

"你想太多了。我们最近也没有惹什么事。况且班主任也说了吧，并不只有 D 班被延后发放点数。所以这单纯是校方的问题啦。"

若硬要说有什么隐忧的话，就是只有一年级学生的点数发放受到暂缓的这个部分。不过这应该与 D 班扯上关系的概率相当低……吧。

"希望如此呢。因为这一定也会直接关系到点数。"

堀北每天都在思考怎么做才能获得点数。当然并不是个人点数，而是为了升上 A 班的班级点数。我不会说这是白费力气，但残酷的事实就摆在眼前。

不过我也有点期待。假如堀北能发现提升点数的办法，那对 D 班来说也会是个很大的加分。另外，同学们对堀北的信赖感会上升，这样一来她也会交到朋友，实在是双赢。

"话说回来，你要不要偶尔参与一下群组聊天啊？就只有堀北你一直未读哦。"

我拿出手机，打开群组聊天的应用给她看。

我们熬过期中考试之后，就邀请堀北进了群组聊天室。栉田因为顾虑到堀北讨厌跟人说话，便想着若是网上聊天的话，她也许会参加。然而这种想法并没有发挥作用，至今她仍然没有参与。

"因为我完全没兴趣。我连通知都关掉了。"

"这样啊。"

看来她从一开始就不打算参与了。她之所以会留下应用没有删除，大概是因为如果删掉的话，系统就会向栉田他们发出通知，堀北就会被他们问个不停。

参不参与都是堀北的自由，所以我也无法再多说什么，而且我也没资格。

"绫小路同学，你还真是变得相当健谈了呢。"

"是吗？我想我从一开始就是这个样子。"

"虽然只有一点点，你确实改变了。"

我自认为从开学以来并没有什么变化，不过或许在不知不觉间，说不定真的有了变化。这果然是因为我已经习惯校园生活了吧。

我与堀北莫名合得来……不对，我们完全合不来。该说是感觉莫名很合拍，或者该说是因为我在她身边不会感到困窘。如果是其他女孩子的话，说不定我会无法好好进行对答，紧张得陷入混乱吧。

或许因此我才会不知不觉以原本面貌来跟她谈论事情。

最重要的是，即使保持沉默，气氛也不会变糟。这一点在人际关系中是最难得的。

"你碰到什么让你改变的契机了吗？"

"谁知道呢……硬要说理由的话，应该单纯是因为习惯了校园生活，而且朋友也变多了吧。还有，栉田对我也有很大的影响。"

只有男生在的话，只要话变少场面就会很尴尬。

可是只要栉田在就总是会有人说话，完全不会冷场。

"你跟栉田同学也变得要好了呢。你不在意知道了她的另一面吗？"

"虽然我还蛮惊讶她斩钉截铁地表示讨厌你，但人本来就会喜欢谁，或者讨厌谁。在意也没用。堀北，即使只有表面也好，你要不要妥协跟栉田表面上好好相处啊？"

"原来如此，说不定就是这个样子呢。我虽然也很讨厌绫小路同学你，不过还是会像这样正常对话。也许没必要太在意呢。"

"喂……"

当面被这么说，还真的会让人觉得非常受伤。

"别人的话可以若无其事，可是一旦换成自己被人讨厌的话，还是会在意的吧？"

"你是故意的吗？"

"谁知道呢。"说完，她便故意把头发往后拨。绝对是故意的。

"我并不打算妨碍你，不过我和栉田同学就犹如油与水是不会兼容的。"

也就是说，聊天群组有栉田在，她就绝对不会参与吧。

"说起来为什么栉田会讨厌你啊？"

进入这所学校之后，她们都没正式接触过，她是什么时候开始讨厌堀北的啊？

椤田明明说过，目标是跟全班同学拉近关系。

"那种事我怎么可能会知道。"

话是这么说没错，我不禁觉得堀北跟椤田之间似乎有种我不能去触碰的东西。

"你如果这么在意的话，要不要自己直接去问她？"

她又说这种乱来的话。

椤田桔梗这个女孩子平时虽然是个天使，但我偶然看见了她的另一面。

她恐吓般出口骂人的姿态，那副模样，堀北恐怕也不知道吧。

"算了。因为我只要现在的椤田就够了。"

"你这种说法，可是非常恶心哦。"

"我想也是。"

即使是我自己说出口的话，我也觉得很恶心。

4

在宿舍的餐厅吃完寒酸的晚餐后，我就回到了自己的房间。我打开手机查询余额，屏幕上显示的余额数字是八三二零 pr，从早上到现在都没有变动。

一想到开学当天拥有的是十万点，就觉得这个金额非常少。

我为了买真题和须藤的分数，所以花掉了很多点数。

"就算只发放八十七点，也会是个相当庞大的数字呢。"

换算成钱的话，就是八千七百日元。虽然说不上很多，但也算是一笔巨款。

"救救我啊，绫小路！"

我在床上正玩着手机，结果房间的门突然就被打开了。原来是脸色大变的须藤。

"怎么了？话说回来，你是怎么进我房间的啊？"

我记得我回到房间时明明上好锁了。久而久之养成了习惯，我应该没有忘记上锁。他不会是踢破房门进来的吧？

我为了慎重起见而确认了房门，没有显眼的破洞，完整如初。

"这里是我们小组集合的房间对吧？所以我跟池他们商量后，配了备用钥匙。你不知道吗？而且不只是我，其他人都有。"

须藤把房卡在手心上转来转去。

"我现在才知道这个非常严重且恐怖的事实……"

看来我的房间已经变成谁都能随便入侵的状态。

"那种事情无所谓啦。我真的完了！快点救救我啦。"

"这件事很重要！把钥匙还来。"

"什么？为什么啊？这可是我花点数买来的，所以是属于我的吧。"

这个煞有其事的歪理是什么鬼啊，只要走错一步就是犯罪了。不，这已经算是犯罪了吧！

并不是只要是朋友，不管做什么事情都能被原谅。

"你如果有事想商量，或者有什么烦恼的话，要不要去找池或山内？"

"那些家伙不行啦，他们是笨蛋。"

须藤说着便一屁股坐到了地板上。

"买张地毯吧，我的屁股痛得不得了。"

可惜我并没有剩下能拿来购买室内装饰品的点数。

说起来，这里虽然是小组集会的地方，但是庆功宴以来我们一次也没集合过。即使买了地毯，也只有我会用吧。我光是想象那个画面，就觉得买地毯一点也不合理。

正当我站起来想倒杯茶给他的时候，门铃响了。

从门口忽然探出头来的是 D 班的女神栉田。不论何时看她，她的模样都很可爱。她进来房间之后发现了坐在地上的须藤。

"咦？须藤同学你已经来了呀。"

"为了慎重起见，我姑且问一下。栉田，难不成你也有备用钥匙？"

"对呀。目的是为了集合……绫小路同学，难道你不知道吗？"

栉田从包里拿出钥匙给我看。外观看起来没什么差别，但这应该是我房间的钥匙吧。看来栉田似乎以为这件事是经过我的允许，才会将钥匙收下。

"那这个钥匙……我就先还给你好了。"

栉田看起来很抱歉似的把房间的备用钥匙递给我。

"不用了，只收回栉田你的钥匙也没意义。须藤好像并不打算交出来。"

让栉田拿着应该也没什么关系吧。不对，硬要说的话，这能让我在脑海中幻想出交到女朋友的那种心情。男人是一种很现实的生物。

"既然栉田也来了，那我们可以进入正题了吗？"

"你到底要商量什么？"

如今他们两个都不请自来，我也无法随便赶走他们。

须藤老实巴交地说了起来。

"你们知道我今天被班主任叫过去对吧？其实……我搞不好会被停学，而且还会是很长一段时间。"

"咦……停学？"

这件事真是让人意想不到。须藤最近的生活态度与开学时相比，已有大幅改善。他几乎没有在课堂上打瞌睡或私下交谈，社团活动应该也很顺利。

"你该不会是不小心骂了老师之类的吧？"

今天茶柱老师阻止他去社团，须藤就很不服气。

　　大概就是那个时候，他对老师发了脾气口出恶言。

　　"我没骂啦。"

　　"不会是……你抓住老师的前襟，恐吓要杀了她之类的？"

　　"那种话我也没有说啦。"

　　须藤立即否定。

　　"看来，或许事情更加严重……"

　　我认为我刚才讲的那两个都算是相当严重的问题了，而他居然还说比这些都更严重……

　　"绫小路同学，是那个啦。他不仅对老师又打又踹，还往对方身上吐口水。"

　　"这还真是过分……话说回来，栉田你想得也太离谱了！"

　　"哈哈，开玩笑的啦。就算是须藤同学，也不会做到这种地步吧。"

　　本来打算马上否定的须藤，被栉田的玩笑话吓了一跳，错过了吐槽的时机。

　　这也证明须藤的心里有多么紧张。

　　"发生什么事情了呀？"

　　"其实我……上个星期揍了 C 班的家伙。所以老师刚才跟我说也许我会被停学……现在，我正在等待处分。"

　　栉田也感到惊讶，不禁往我这里看过来。我一时之间也无法理解。真没想到须藤会卷入纠纷。我担心的事情应验了。

"你说揍了人家……这……咦？这是为什么呀？"

"我先说在前面，这可不是我的错哦！错的是那些来找我打架的C班学生，我只是还手而已。结果那些家伙就说是我去找他们打架的，这是诬告啊！"

看来须藤自己的思路还没整理好。虽然我大概了解他说的意思，然而，他都没说打人的原因以及详细的原委。

"须藤同学，等一下。可以请你再说详细一点吗？"

栉田也催促他冷静下来，想问出打架的导火线。

"抱歉，我似乎说得有点太简略了……"

须藤让呼吸平稳下来，便开始重新讲述事情的原委。

"顾问老师跟我说要在夏季大会时把我纳入正式球员。"

听说须藤打篮球很厉害，不过竟然现在就已经在谈纳入正式球员的事了啊。

"正式球员不是很厉害吗？须藤同学！恭喜你！"

"现在暂时还没有决定啦。只是有这个可能性而已。"

"就算是这样也很厉害呀，因为才开学不久而已。"

"嗯，还好啦。实际上一年级学生中被选为正式球员候补的人就只有我。我就下定了决心，一定要成为正式球员。而事情就发生在那天的回家路上，那些家伙……同样是篮球社的小宫和近藤把我叫去了特别教学大楼，说是有事情要跟我说。虽然我可以无视他们，但是因为我跟那两个人经常在社团活动中发生口角，所以我想是时候该做个了结了。当然是要用商量的方式！结果一个叫作石崎的家伙在那里等我。小宫和近藤是那家伙的好朋友。他们说没办法忍受 D 班的我有可能被选为正式球员，还威胁假如不想吃苦头的话就退出篮球社。我拒绝之后他们就打了过来。最后我就趁自己被干掉之前先把他们干掉了。"

须藤仓促间将一连串过程说清，本人也觉得自己讲得还不错。

"于是须藤同学你就被当成坏人了？"

须藤很无语，但还是点了点头。最先动手的是 C 班的学生们，他们打算逼须藤退出篮球社，但是失败了，于是就诉诸了武力……就是暴力行为。然而，他们完全打不过须藤，反而被打了。那些家伙自顾自地生起气来。不过，他们并不打算就这样单方面地吃亏。于是后来他们就去和学校告了状，谎称自己遭到须藤的袭击和殴打。这就是事情的经过。

"如果这是 C 班挑起的问题，那须藤同学就没有错了呢。"

"对吧？我真搞不懂为什么老师不相信我。"

"我们明天去向茶柱老师说明情况吧，须藤同学并没有错。"

事情应该没有这么简单，须藤应该也把刚才对我们说的事实向校方说过了吧。即使如此还是要等待处分，想必就是因为没有明确证据，所以校方无法接受吧。

"校方听完须藤你刚才的话之后说了什么吗？"

"学校要我下周二之前证明是对方先动手的。要是办不到的话就会视为我的过错，并停学到暑假。而且还会扣班级的点数。"

比起停学或者扣点数，须藤着急的是篮球正式球员的事会化为乌有吧。他无法忍受自己的青春被人夺走。

"我该怎么办啊？"

"也只能告诉老师须藤同学你没有说谎了吧？这很奇怪呀，须藤同学你又没做错任何事情，老师竟然还不相信。"

虽然对寻求我赞同的栉田很抱歉，但我也无法做出很好的回应。

"不知道欸……我认为事情没有这么简单。"

"什么不知道啊，你不会是在怀疑我吧？"

"至少校方并不信任你，对吧？即使栉田去讲，同班同学再怎么申冤，也只会被当作不想被扣点数而撒的谎。"

"这……说不定真的是这样吧。"

　　而且这次纠纷不是找出哪方先动手就能结束的事情。

　　三人组恐怕也会受到处分，譬如罚一星期左右的停学。

　　在没有确切证据证明他们是被须藤袭击之前，照理说三人组也多少会受到惩罚。

　　"即使是对方的错，须藤也很可能会被追究一定的责任。"

　　"什么？为什么啊？这是正当防卫吧？对吧！"

　　须藤无法接受便用拳头用力捶了桌子。栉田被声音吓得双肩抖了一下。

　　"抱歉……我有点失去理智了。"

　　须藤很不好意思地道了歉。

　　"欸……为什么须藤同学会被追究责任呢？"

　　"须藤打了对方，但对方没有打须藤。我想这部分占了很大的原因。我认为证明正当防卫，是件比想象中还要更困难的事情。要是对方拿着刀或棒球棍，那就姑且不论。但实际上并不是这样子的吧？假如你们平时就不和的话，那你应该也能预测到自己会遭遇危险。所谓的正当防卫，是为了在紧急发生的不法侵害中防卫自己的权益，才不得不做出的行为。换句话说，我不认为这次情况完全符合其定义。"

　　从当时的状况看来，校方只会对须藤的立场施予些微的考量。

"虽……虽然我不是很懂，但对方可是三个人哦，三个人。这样足够危险了吧。"

人数也很值得考虑，不过这次事件感觉就很难说了。但说不定学校会把重点放在人数，而判定须藤无罪。

但是过于乐观，也很危险。

"正因为校方也觉得难以判断，才会预留一星期的时间吧。"

现有的证据……也就是三人组被须藤打的伤口，是事件唯一的关键。

"所以……事情的趋向，就是打人的须藤同学会被重罚。"

"这是先告状那方的优势，受害者的证言是可以作为证据的。"

"我无法接受啦。我才是受害者，停学可不是开玩笑的啊。要是变成那样的话，别说篮球正式球员了，我连这次的大会都无法参加了！"

C班的家伙为了击垮须藤，抱着壮烈牺牲的觉悟作战。就算自己会受到惩罚，只要能让须藤成为正式球员一事化为乌有，那就无所谓。

"我们去拜托C班那三个人讲实话嘛。假如他们觉得自己不对的话，心里一定会充满罪恶感，不是吗？"

"那些家伙才不是那种人，不可能老实说出来。可恶……我绝对不会原谅那些小喽啰！"

须藤拿起放在桌上的圆珠笔，把它"啪"地折成两半。我很理解他那怒不可遏的心情，可那支圆珠笔是我的欸……

"要是无法用语言说明，那就需要确凿的证据了。"

"是呀……如果有证据能够证明须藤同学没有错的话，那就好了……"

要是有证据的话，应该就不用这么麻烦了吧。然而，须藤没有否定，陷入沉思。

"说不定有哦。也许是我的错觉……我在跟那些家伙打架时，感觉附近有奇怪的动静，好像有人。"

须藤没什么自信，说出了这番话。

"也就是说，或许有目击者？"

"只是我的感觉，并没有确凿的证据。"

目击者吗？要是对方从头看到尾的话，对我们来说会是个有利的要素。然而，视情况而定，须藤也有可能被逼入更糟糕的窘境。例如，须藤是在打倒他们之后才被目击者撞见……这种情况就会成为"判定是须藤先动手"的决定性一击。

"我该怎么办才好？"

须藤垂头丧气地抱着头。讨厌沉重气氛的栉田于是开口说了话："证明须藤同学无罪的方式，大致上分为两种。第一种方式很简单易懂，就是让 C 班的男孩子们承认自己说谎。让他们承认其实并不是须藤同学的错，应该会是最好的方法。"

这毫无疑问是最理想的。

"我刚才也说过这不可能，那些家伙才不会承认自己说谎。"

与其这么说，不如说是他们不可能承认吧。如果承认自己对校方说谎，还想陷害他人的话，或许他们就不止会受到停学处分，说不定还会被退学。

"然后，另一种方式是找出须藤同学刚才所说的目击者。要是有谁看见须藤同学与他们之间的争执，那一定就会成为查明真相的关键。"

现阶段的实际方案也只有这些。

"如果要找目击者，具体该怎么找啊？"

"一个一个老老实实地找吗？还是要以班级为单位四处问问呢？"

"如果对方会因此而站出来就好了。"

感觉还会谈很久的样子，于是我就从橱柜里挑了挑东西。我拿出开学不久后在便利商店买来的速溶咖啡与茶包。我记得须藤好像不太爱喝咖啡。我用热水壶中常备的热水泡了两杯茶，接着放在桌子上。

"虽然很厚脸皮，不过这次的事情……你们能不能别跟其他人讲啊？"

　　须藤吹着放在桌上的茶，看起来很不好意思地说道。

　　"咦……别跟其他人讲的意思是？"

　　"消息传开来的话，篮球社的人也会知道吧？我希望能够避免这一点。"

　　"须藤，再怎么说这也……"

　　"我希望你能理解啊，绫小路。要是从我身边夺走篮球的话，我就真的一无所有了。"

　　须藤抓着我的双肩，激动地说着。最好是没有谣言，如果让别人知道自己有可能施暴，人家当然就不会爽快地接纳他了。

　　"C班的学生们会不会四处张扬须藤同学施暴的事情，还把事情讲得对自己有利呀？"

　　这件事是可以想象的。既然目前我们处于劣势，对方毫无顾忌地到处讲也并不奇怪。须藤的模样就仿佛在问"真的假的？"，接着便再次抱住了头。

　　"该不会已经露馅了吧？"

　　"不，现阶段这件事应该还只有校方及当事人知道吧。"

　　"为什么你会这么想呢？"

　　"因为如果C班的家伙打算张扬，那事情早就传到我们的耳里了。"

　　C班向校方告状，而校方在放学后跟须藤确认真相。

也就是说，可能中午消息就传开了。

但现在还没有传开。

"所以暂时能够安心了，对吧？"

然而这也不知道会持续到何时，谣言即使下了封口令也迟早会泄漏出去。消息在近期内一定会蔓延开来。现在，我唯一能够断言的就是……

"须藤同学，你不要参与这件事会比较好吧？"

栉田也率先了解到这一点并向须藤提议道。

"是啊，当事人采取行动似乎不太好吧。"

我也配合栉田答道。

"可我怎么能全都推给你们，这……"

"我不觉得你是在推卸哟。这只是因为我们想替须藤同学你出一份力。即使不知道能帮到什么程度，我们也会尽力的！"

"我知道了。虽然会给你们添麻烦，但是就交给你们了。"

看来他理解了自己若参与其中，会使情况变得棘手。

"那我现在先回房间了。今天真是抱歉，突然跑来打扰你。"

"不用在意，除了你们擅自配备用钥匙的事情以外。"

　　须藤说完"才不还你咧"，就将钥匙收进口袋。从今天开始我上门链锁好了……

　　"枡田也明天见。"

　　"嗯，拜拜，须藤同学。"

　　我们目送看起来有点寂寞的须藤。虽说如此，我跟他也只隔了几个房间。

　　"咦？枡田你不回去吗？"

　　"我有些事想先问问你。该怎么说呢，你好像对于帮助须藤同学并不积极。"

　　枡田用不安的眼神看着我，我不禁产生冲动想抱紧她。于是我挺直腰杆，甩去我那邪恶的念头。

　　"没这回事，可是我什么都做不到。硬要说的话，顶多就是听须藤说话，然后附和他吧。如果是堀北或平田，想必一定能给他适当的建议。"

　　"或许是这样，不过须藤同学可是特意过来拜托绫小路同学你了哟。比起堀北同学、平田同学，以及池同学他们，他可是最先过来跟你说的呢。"

　　"我真不知道该开心，还是该不开心。"

　　"这样啊……"

　　我对枡田一瞬间望向我的冷漠眼神有些困惑。

　　枡田有一次当着我的面说很讨厌我。她总是温柔地以笑容对待我，因此我很容易会忘记这件事。要是我不好好记住这一点的话，之后可能会吃大亏。

"绫小路同学，或许你再努力融入班级一点会比较好呢。"

"我在努力，只是没成果而已。而且这次我没有轻易答应帮助他，也只是我没勇气开口而已。"

她连想都没想过，我每天都烦恼着想跟别人一起吃午餐吧。

不过因为她是栉田，或许她连这一点也很清楚。

"栉田，你会帮忙吧？"

"当然，因为我们是朋友嘛。绫小路同学，你打算怎么做？"

"刚才我也说了，找堀北或平田商量是最可靠的吧？不过须藤讨厌平田，那就只能找堀北了。"

虽然我想即使是堀北，她也没办法迅速想出解决方法。

"堀北同学会愿意帮忙吗？"

"这个嘛，得去问问看才知道。但堀北那家伙应该也不会对不利于 D 班的事默不作声……大概吧。"

我有点没自信，毕竟她是堀北。

"话题有点岔开了，绫小路同学你会帮忙对吧？"

我自认已将话题巧妙地诱导到别处，但它却又被踢了回来。

"就算派不上用场也可以吗？说起来我可是完全派不上用场哦！"

"没这种事哟，你一定会派上用场的。"

她并没明确说出我有什么有用之处。

"明天开始该怎么办呀？须藤同学虽然说是白费力气，可是我觉得去见和须藤同学打架的同学，也是办法之一呢。其实我跟小宫同学他们是朋友，所以我或许可以说服他们。嗯……这是不是有点靠不住呢……"

栉田看来还是无法完全舍弃跟C班那三个人商量的这条路。

"风险很高啊。吵架原因就先别说了，向校方告状的可是对方。他们不会这么简单就把举起的拳头放下。这不可能吧，他们怎么可能会说出不是须藤而是自己先动的手。"

他们既然都说了谎，我不认为会轻易承认。学校若知道他们说谎，C班的学生们就会受到严惩。他们绝不会做出这种愚蠢的事情吧，而且他们是不可能将已经挥起的拳头放下来的。

"那还是寻找目击者比较稳妥喽。"

这跟去说服对方的难度差不多高。要寻找目击者但又不能曝光，是极为困难的吧。"你看见什么了吗？"像这样询问，需要耗费非常多的时间和精力。

想破脑袋也得不出结论。

要是能出现什么变化，说不定事情的走向就会有所改变了。

弱点

　　讨厌的事情总会接连发生。向来惜字如金的茶柱老师，对迎接翌日班会的我们说了那件不光彩的事。

　　"今天我有事向你们报告。前几天学校里发生了一点纠纷。我们班的须藤似乎与C班的学生之间起了纠纷，简单来说，就是他们打了架。"

　　教室里顿时变得一片闹哄哄。茶柱老师将须藤与C班起争执，以及根据校规须藤会受到停学处分，还有班级点数将被扣除的事情，全都公布了出来。

　　茶柱老师那淡然的、完全不带任何感情的神情，甚至能让人感受到某种美感。

　　她话里的内容绝无偏颇，始终都以校方的中立立场来进行说明。

　　"老师……请问为什么事情还没有得出结论呢？"

　　平田抛出了疑问。

　　"申诉是由C班提出的。对方好像说是单方面遭受殴打，然而在校方确认真相时，须藤却说这并非事实。据他所言，并不是他主动去找对方麻烦，而是C班的学生们叫他出来并且找他打架。"

　　"我什么错也没有。这是正当防卫啦，正当防卫。"

　　同学们对须藤投以冷漠的目光。

　　"不过你没有证据。不是吗？"

"证据？我怎么可能会有那种东西。"

"换句话说，现阶段还没弄明白真相，所以结论才会暂时搁置。因为根据过错方，处分会有很大的变化。"

"除了无罪，我都不会接受。我还想得到慰问金呢。"

"虽然你本人这么说，但目前可信度也不能说很高。如果有目击者的话，事情可能会有所改变。如果有同学目击到他们打架，能不能举个手？"

茶柱老师淡淡地抛出话题。然而没有一个学生回应这个问题。

"须藤，虽然很遗憾，但是看来这个班级里似乎没有目击者呢。"

"好像是这样。"

对于茶柱老师投来的怀疑眼神，须藤无趣似的低垂着双眼。

"校方为了寻找目击者，现在各班班主任都在进行详细的说明。"

"什么？消息已经泄漏出去了吗？"

以校方的立场来说，这或许是没办法的事情。既然须藤申诉自己是冤枉的，还提出了有目击者的存在，各个班级恐怕都已经收到了详细通知吧。

对希望隐瞒这件事的须藤来说，是个不太好的状况。

"天呐！"

须藤希望私下解决的计划就这么化为泡影了。

"根据有无目击者与证据，最终判决应该会在下周二下达。那么班会就到此结束。"

茶柱老师说完便走出了教室，须藤也立刻跟着走了出去。也许是因为他知道自己要是留在这里，很可能会成为众矢之的。

"喂，须藤的事情，太糟糕了吧！"

最先开口说话的是池。

"如果因为须藤的错而让点数没了的话，这个月我们岂不是又只有零点？"

教室内立刻笼罩在吵闹声之中，一发不可收拾。

像这种"点数不会发放下来"、"点数很少"的不满宣泄，正往不在场的须藤身上集中。这种情况栉田当然看不下去。

"各位，能不能请你们听我说句话呢？"

栉田为了将这场骚动从危机化为机遇而站了起来。

"确实就像老师所说，须藤同学或许真的打了架。可是呀，须藤同学只是被卷进了事件而已。"

"你说他被卷进了事件？小栉田，你难道相信须藤的话吗？"

栉田把昨天从须藤那里听来的话，如实地重新说了一遍。包括须藤在篮球社可能被选为正式球员的事情，以及同社团里忌妒他的学生为了把他赶出社团而叫他出来，并仗着人多威胁他，结果最后发展成打架，须藤为了防卫才打了对方。班上大部分人都不禁默默倾听栉田那真诚的话语。同样的事情，换成我或须藤来跟大家讲的话，想必就不会如此打动人心吧。

即使如此，事情也没有简单到大家都会乖乖相信。考虑到须藤平时的品行，就算大家无法相信也无可厚非。

“我再问一次哟。要是这个班级之中、朋友之中，或者学长学姐之中有人看见的话，希望你们可以告诉我。无论何时都请联络我，拜托了！”

她说的话明明就跟茶柱老师一样，但班上的反应却完全不同。

擅长与人打交道，是栉田与生俱来的才能。她那闪闪发亮的模样简直让人看得入迷。

教室顿时陷入沉寂，而打破这份沉默的人并非目击者，而是山内。

“小栉田，我还是没办法相信须藤所讲的话。我觉得他是为了替自己打架的事实辩解才说了谎。而且，那家伙也曾说他初中的时候都在打架。他还很一副很开心的样子讲解了打人方式，以及会让人感觉到疼痛的部位。”

大家对须藤的不满接二连三地爆发了出来。

“他之前在走廊上跟其他班的学生相撞，我看见他抓起对方的衣襟了呢。”

"我看见过他在学生餐厅里硬要插队，结果被人提醒后还恼羞成怒。"

栉田为须藤申冤的那些话并没有完全被大家接受。可能失去得来不易的点数而产生的那份危机感，使须藤成了众矢之的。

"我愿意相信他。"

为了支持栉田而站起来的，当然就是这个班级的英雄平田。他没被"反须藤"的气氛吞噬，飒爽地登场了。

"如果是怀疑其他班的同学那我还能理解。可是，我认为这种从一开始就怀疑同班同学的行为是错误的。朋友不就应该竭尽全力地提供帮助吗？"

"我也赞成。"

为英雄声援是平田的女朋友轻井泽。她一面整理刘海，一面如此说道：

"万一是冤罪，那就是个大问题了吧？假如他是被冤枉的，岂不是太可怜了？"

如果栉田是以"柔"作为女生的核心人物，那么轻井泽就是"刚"了。领导者般存在的她，有着很大的影响力。许多女生纷纷开始表明赞同。

这实在是个很符合日本人盲从性格的浅显易懂的例子。他们的心里搞不好都在吐舌头了，但只要表面上是顺从的，便算是种安慰了吧。大家对须藤的批判暂时停止。

平田与栉田，接着是轻井泽。这三人似乎特别受到班上同学的爱戴。

"我会去问问朋友。"

"我也会去问问关系不错的足球社学长们。"

"我也来四处问问吧。"

为了证明须藤无罪的行动，以这三人为中心开始展开。

看来已经没有我的戏份了。与其贸然参与其中，不如交给周围这些人处理。

我就在这里执行一个悄悄淡出的计划吧。

1

"我……原本计划要淡出欸……"

午休时间我不知怎么混入了一如往常的团体，并来到了学生餐厅。

成员有我、栉田、堀北、池、山内，以及须藤。

这也是没办法的吧。午休时间一到，栉田就满脸笑容过来邀请我，说"我们走吧"，我当然只能答应了。没办法、没办法。

"你真的是接二连三地带来麻烦呢，须藤同学。"

堀北看起来很吃惊地叹了口气。

当然，我们要讨论的议题，就是该如何证明须藤的无罪。

"唉，没办法。既然身为朋友，我就帮帮你吧，须藤。"

一开始把须藤当作坏人的池，态度一下子完全改变了。这一定是因为栉田呼吁大家帮忙的关系。然而，须藤不知道池的本意，还对他说了一声抱歉。

"另外，堀北。我又给你添麻烦了，真是抱歉。但这回我可是被冤枉的。我们想点办法，给C班的家伙来个措手不及吧。"

须藤事不关己似的对堀北从容说道。

"不好意思，不过这次我并不打算帮忙呢。"

堀北十分干脆地拒绝了须藤的求救。

"要让D班晋升，最重要的就是早日取回失去的班级点数，让点数转为正分。然而，因为你的这件事，学校恐怕又不会发给我们点数。你简直是在泼人冷水。"

"等一下，话虽如此，不过这次真的不是我的错啊！是那些家伙先动手的，所以我才反击他们的！这有什么不对！"

"你现在好像把重点放在是谁先动手这一点上，但谁先动手根本不重要，你发现了吗？"

"不重要？这可差多了。我没有错！"

"是吗？那就请你自己好好加油吧。"

堀北将未开动的午餐连着托盘一起拿起，接着站了起来。

"你不愿意帮助我吗？我们难道不是伙伴吗！"

"真是笑死人了，我可从来都没有把你当作伙伴。而且最重要的是，我觉得跟连自己有多愚蠢都察觉不到的人待在一起，令我很不愉快。再见。"

堀北的模样与其说是愤怒，不如说是吃惊。她深深地叹了口气，接着就离开了。

"那家伙搞什么啊！可恶！"

须藤将无处宣泄的焦躁，发泄到学生餐厅的餐桌上。

啊，刚才附近学生的味噌汤溅出来了……那名学生瞪了须藤一眼，但被须藤的气场吓到，于是便陷入了沉默。嗯，我也不是不能理解那种心情。

"我们只能靠自己了。"

"山内，我就知道你会理解我。顺带一提，我也很期待绫小路你哦。"

看来我只是"顺便"，但也不是什么特别需要惊讶的事，所以我就应付一下。

"要我帮忙的话也可以，但我可无法成为战斗力哦！"

每次被人求救就贬低自己也蛮无趣的。

"绫小路同学从昨天开始就是这种感觉。池同学，你也跟他说点什么吧？"

"哎呀，可是……事实也确实如此。你要是问我绫小路会不会派上用场，我也不知道该怎么讲。多一个人总比少一个人好。"

池当然也想不到我有什么地方派得上用场。

我摆出得意的表情看向枥田。

"小堀北真是有点冷淡欸。我还以为那次考试她帮助我们之后，我们的关系稍微变好了呢。"

池似乎觉得很遗憾，或者说有点烦躁地望着坐在远处的堀北。

"我真是搞不太懂堀北。怎么样啊，绫小路，那家伙现在的状态怎么样？"

你问我，我也很困惑啊。我并不是那家伙的使用说明书。我为了敷衍须藤，便把碗里的饭扒进了嘴里。

"不过还真是奇怪呢。堀北同学应该很想爬上 A 班吧？帮助须藤同学明明就有好处。"

"不是因为她讨厌须藤吗？或许她没有那种心系伙伴的心。"

堀北并不是因为讨厌须藤，才不出手相助。

然而，在场的大家都开始误会堀北是因为个人情感才不帮忙。

"虽然我很不愿意这么想，但说不定就是这样呢……"

"枥田，堀北她是……"

唔，我无意间把话说漏嘴了。枥田很感兴趣似的看着我。

"堀北同学是？"

"虽然是多管闲事，但我再多说一句。堀北说话难听，可是，我觉得那家伙说的话并没有错。"

"咦？这是什么意思？"

"我觉得……那家伙应该不是无缘无故不帮忙。"

"那是什么意思？说什么'我觉得、我觉得'。这不都只是你的猜测吗？"

回嘴的人是须藤。他很在意堀北，所以被拒绝应该相当不满吧。说清并非难事，但我该怎么做呢？

堀北很可能从茶柱老师那里听到这次事件时就想到了。

这个事件必然会发生。预见的结局……换句话说，就是不存在什么皆大欢喜的局面。而堀北是因为察觉了这个事实，才会对须藤如此冷淡吧。

可是就算这样，在这种场合说出这种话也只会降低大家的干劲，而且也只会成为不利的因素。虽然看不见结局是个问题，但是否要告诉他们这点，也令我犹豫不决。

堀北是因为不想做出那种泼冷水的举动，才会不发一语地离去。

"嗯，就如同须藤所说的，这只是我的猜测。"

"什么嘛，你讲的话没根据啊。"

"堀北的头脑不是很好吗？所以我觉得她一定是有什么想法才会这么做。"

"什么想法？她的想法不就是见死不救吗？"

"算了算了，你就别责怪他了。绫小路一天到晚都跟小堀北待在一起，袒护小堀北也是理所当然的嘛。她也是个很重要的存在吧？"

池一边挖苦我，一边露出讨人厌的贼笑。

这又加深了须藤的焦躁。他咂了嘴之后，开始吃起饭来。

"要是目击者愿意站出来就好了呢。老师们今天应该也都跟其他班级说了这件事。如果找到，就能一口气解决了呢。"

我能理解这种心情，但究竟能否顺利进行呢？

老实说，我们需要完成的课题堆积如山，堀北会放弃也无可厚非。就算真的有目击者，但对方如果是C班学生，那也就完了。对方当然会为了袒护同学而隐瞒事实吧。这所学校是以金字塔等级制度为基础而构成的，对方应该不太可能让自己班级陷入困境。

就算有C班之外的目击者，对方究竟看到了何种程度也是个问题。

如果有完全中立，从头目击到尾的人物出现，那又是另一回事了……

"啊，抱歉，我离开一下哟。我看见关系不错的学长，我去探听看看。"

栉田语毕，便离开了座位。

"小栉田竟然为了须藤这么拼命，真可爱啊。"

池对栉田的背影看得入迷，神情呆滞。

"我是不是该向小栉田告白呢……"

"不行不行。池你这种人怎么可能追到她啊。"

"反正成功概率至少比你高。"

"我觉得高中生活的美好之处果然就是女孩子呢。是时候该认真交个女朋友了。夏天要是有女朋友的话，还可以一起去游泳池！真是太棒了！"

"小栉田如果是我的女朋友就太棒了……她要是能当我女朋友就太棒了。"

可能是因为这件事情很重要，所以山内说了两次。"话说回来，小栉田这么可爱，是不是差不多要交到男朋友了啊？"

"山内，别这么说。她身边还没有其他男人出现的迹象。"

池仿佛是有所根据似的自信地答道。

"想知道吗？你们两个都很想知道对吧？"

"什么啊……池，你难道知道些什么吗？跟我讲嘛。"

池表现出一脸"真拿你们没办法"的模样，拿出了手机。

"学校给的这部手机啊，其实只要加过好友，就能知道对方的位置呢。"

池说完就开始操作起来，查寻栉田的所在之处。

结果准确的定位情报马上就显示了出来……学生餐厅。

"我每次都会像这样查，连周末也是。然后我会假装巧遇向她搭话，所以我才会很确定她有没有男朋友。"

他双手交叉在胸前，一脸得意地说着。可是，这种行为简直就是跟踪狂了……

要是再更近一步，就要出动警察了。

"不过实际上小栉田很难追吧……她那种等级也不是我们能追到的。看来我们也不得不把要求再往下降一个级别。"

"是啊……总而言之，只要不是丑女就行了。"

"考虑到要一起并肩走路的话，还是七十分左右的女生比较好。"

看来池跟山内都非常想交女朋友。

妄想的程度越来越夸张，但他们似乎还是无法舍弃心中那份奢望。

"绫小路，你也想交女朋友对吧？"

"这个嘛，如果交得到的话。"

女朋友要是想交就交得到的话，就不用辛苦了。

"我确认一下，你跟堀北之间应该没什么吧？"

须藤听到我们的对话后，便拿着筷子指着我这么问道。

"没有没有。"

"是真的吧？"

须藤一脸不相信，并威吓般地向我盘问。我用力点点头，表示这绝对是真的。

"那就好，你们如果太黏的话可是会让人误会的。而且这也会对堀北造成困扰吧？"

我一点也不记得我们很黏过，堀北也绝不会这么想。

"堀北有这么好吗？嗯，虽然很可爱啦……但感觉很无聊，不是吗？我可受不了无聊的人呢。再说她看起来也绝不会陪人去游泳池之类的地方。"

"你们真是不懂欸，比起栉田当然是堀北比较好吧。"

须藤自豪地说着，双手抱胸点了两三下头。

"一般人会一口回绝的约会但换作是男朋友的话，她一定会答应吧。然后，还能看见她平时绝不会让其他男人看见的表情。"

"原来如此……这么想象的话，感觉好像很有可能，而且她也很可爱。"

山内一边偷偷看着远处的堀北，一边想象着堀北不曾显露的姿态。

"可是你所迷恋的堀北可是丢下了你呢。"

"这……唉，虽然是这样啦。见鬼，心情好郁闷。"

"不过只要追求小栉田的情敌能够减少，那我也没什么好抱怨的啦。"

看来池打算以栉田为主要目标，然后同时寻找七十分的女孩子。

"顺带一提，绫小路你如果跟堀北没什么的话，那你喜欢谁啊？须藤喜欢堀北，山内喜欢小栅田。我得好好调查竞争对手的目标呢。"

"我喜欢谁……"

与其说没有喜欢的人，不如说我完全想不出来。

我认真想了想，硬要说的话是栅田……她也是我在学校说话最多的人。可是我很清楚栅田不喜欢我，因此我根本想象不出我能跟她有比现在更进一步的发展。

"没有。"

于是我如此答道。然而池跟山内好像根本不相信，向我投来了怀疑的眼神。

"你觉得如今会有男生没有喜欢的人吗？"

"没有吧，所以你别隐瞒了啦，绫小路！"

"我跟你们不同，根本没有什么邂逅。除了堀北跟栅田，其他女生我都不认识。"

"这么说好像也对，我没看到过你跟其他女生说话。"

好难过，他们因为这个事实而接受了。

"下次我帮你介绍女性朋友吧。"

池用手臂环着我的肩膀，自信满满地说道。

"你自己都没有女朋友，却还给别人介绍女性朋友，不觉得这有点可悲吗？"

"唔……确实如此……"

"印象中小佐枝老师曾经说过我们夏天会去度假吧？我绝对会在那时候交个女朋友给你们看。可以的话最好是小栅田！或者是我还没见过的可爱女孩！"

"我也是！至少一定要交到女朋友……然后过着恩爱的高中生活！"

"我该什么时候跟堀北告白呢……"

大家开始畅所欲言。

"我们来比赛谁最先交到女朋友吧。最先交到女朋友的家伙，要请全部的人吃饭！说好了哦！"

可以毫无顾忌地说出这种话，就证明我们已经是真正的朋友了吧。

"什么啊，绫小路。你该不会要装模作样地说什么不参加吧？"

"不，我是在想，为什么最先交到女朋友的家伙就必须请客。"

"这是当然的吧，这就是羡慕税。"

"交到女朋友的家伙会很开心，开心就会欣然请客。"

你们兴致高昂没关系，不过还是先等须藤的问题解决再说吧。

2

大家商量好放学后要分头去探听消息。

即使这么说，但实际上寻找目击者的人数并不多。

有平田、轻井泽带领的英雄辣妹队伍，以及栉田所带领的美少女轻浮男队伍。

大家打算脚踏实地展开调查。

这样虽然行得通，但短时间内要取得成果似乎很辛苦。

这所学校的在校生有四百人左右。即使除去一年D班，要去调查的人数也没有太大的变化。

就算调查时间包括下课、午休、放学及早上，也相当困难。

"那我先回去了。"

"你真的要回去了吗，堀北同学？"

堀北毫不犹豫地回答"是啊"，就这样离开了教室。

真不愧是堀北。对周遭那种"你要回去了吗？"的视线毫不动摇。

"那我也……"

如果说堀北的战术是正大光明地逃走，那我的战术就是从暗地里来。我要偷偷溜回去。

"绫小路同学。"

虽然是偷偷走但教室非常狭小，蹑手蹑脚的我马上就被发现了。栉田用有点不安的声音叫住了我。

"怎么了？找我有什么事？"

　　栉田，抱歉。我要铁下心肠，拒绝你的邀约，回宿舍。

　　"你愿意……一起帮忙对吧？"

　　"我当然愿意。"

　　所以我早就说过了，眼神注视＋拜托＝致命。

　　我被栉田随心所欲地操控，也是没办法的事情。因为这是无法抵抗的。

　　人就算再怎么下定决心不睡觉，也会在二十四到四十八小时之间睡着。偶尔会有猛将夸下海口说自己已经几天没睡，但迟早也会筋疲力尽。

　　换言之，绝对无法抵抗的瞬间总会来临。这就是人类的构造。

　　我大致在内心结束辩解之后，栉田向我建议道："我还是希望堀北同学能够一起帮忙，我们要不要再问问她？"

　　"可是那家伙刚才回去了。"

　　明明不久前才被堀北拒绝，她现在就已经迫不及待地想要一雪前耻了吗？

　　"嗯，我想追上去。堀北同学一定会成为战斗力的。"

　　"这我不否定。"

　　"只要花时间说服的话，应该有机会吧？"

　　她若想再次出击，我也无权阻止。我点头表示赞成。

"池同学跟山内同学，你们能在这里等我吗？我马上回来。"

"OK。"

他们两个跟堀北的关系还说不上很好，因此不打算硬跟过来。

"走吧！"

栉田拉着我的手臂离开教室，我心中不禁产生了一种酸甜感觉。可能是因为池跟山内的愤怒之声从我身后传了过来。

我们来到一楼大厅，却早已不见堀北的踪影。看来她已经出校门了。她不是那种会绕路的人，应该直接回宿舍了。

我们换上室外鞋，一面拨开放学人潮一面往前走。接着在学校前往宿舍的途中（虽然距离也没多远）找到了堀北。

明明四周都是两人以上的团体，只有她是孤独一人。

"堀北同学！"

即使是我，都会犹豫要不要上前搭话。然而，栉田却毫不犹豫地叫住了她。

"什么事？"

堀北有点惊讶地回过头，没料到我们会追上来。

"须藤同学的事情，我希望堀北同学你也能帮忙……不行吗？"

"这件事情的话，我应该已经拒绝了哦。而且还是在几分钟之前。"

堀北耸了耸肩。

"虽然是这样没错……可是为了升上 A 班，我想这是必要的。"

"你说为了升上 A 班这是必要的呀……"

堀北看起来无法认同，而且也不打算听栉田继续说。

"你要为了须藤同学奔波是你的自由，我没权利阻止。若是需要人手的话，你能不能找其他人？我可是很忙的。"

"很忙？你也没有能一起玩的朋友吧。"

对于我不禁脱口而出的吐槽，堀北朝我瞪了过来。那眼神仿佛在诉说："你为什么要多嘴。"

"因为独处也是每天的重要日课。我不喜欢被剥夺这段时间。"

不愧是孤高之人的发言。虽然这大概单纯是拒绝我们的借口。

"即使现在勉强救他，他也只会重蹈覆辙。这岂不是恶性循环吗？虽然你认为须藤同学这次是受害者，但我的想法可不一样。"

"咦？须藤同学是受害者哟……因为对方说谎，让

他很困扰嘛。"

栉田好像不懂堀北所说的意思。

"这次事件，假如就算真的是 C 班学生先来找麻烦，须藤同学最后也会是加害者。"

"等……等一下。为什么会变成这样呢？须藤同学只是被牵扯进去而已哟！"

堀北表现出无奈的样子，朝我看来。

不，我什么都不会说哦。我撇开视线，从考验般的眼神中逃开。

沉默持续了几秒后，堀北便一副嫌麻烦似的补充说道："为何他会卷进这次事件。只要不解决其根源，接下来这问题永远都会缠着我们，懂吗？只要这问题没解决，我就不打算帮忙呢。如果这样你也无法接受的话，剩下的不如就去问你旁边那位吧？因为他明明就了解我在想什么，却假装不知道。"

希望你能别擅自说得好像我很了解一样。

栉田满脸困惑，犹如问着"你知道是怎么回事吗？"朝我看了过来。

堀北你这家伙，别留下这一句多余的话啦……堀北则像是在说"剩下的就交给你了"似的迈出停下的脚步。栉田从堀北身上感受到某种强烈的气场，没继续追上去，也没有出声叫住她。

"须藤同学是加害者……是真的吗？"

接着，栉田果然像在寻求救赎般期盼着我的建议。

在堀北铺陈完那些话之后，即使我现在装作完全不知情，往后事情似乎也会变得更麻烦……况且，她用这么可爱的眼神拜托我，我都快欣然告诉她银行密码了。

"堀北所说的，我也算是略有体会。至少这次的事情须藤也有错。那家伙平常的态度就算被人记恨也无可奈何吧？他只要不满意，不管是谁都会口出恶言或者态度蛮横。我很惊讶也很佩服他现阶段就有可能被选上正式球员，他确实有着无可挑剔的篮球才能。不过，如果他以此骄傲，态度傲慢，那应该会出现不少讨厌他的人。而且在拼命训练的人看来，八成会讨厌他吧。再说，不是有谣言说须藤从初中开始就都在打架吗？明明没听他说过有同乡的朋友，但这种事情却广为人知。"

周遭对须藤的印象非常糟糕。

"这次的事件必然会发生，所以堀北才会说须藤是加害者。"

"也就是说……是须藤同学平时的恶行……招致了现在这种局面？"

"是啊。只要他持续那种会招致他人反感的态度，就必然会引起纠纷。要是没证据的话，他平时的形象便会发挥作用，简单说就是印象问题了。比如说，假设发生杀人事件，而嫌疑犯有两个人。一个人有着杀人前科，而另一个人则是每天认真生活的善人。如果只凭这份情报，你会相信哪一方？"

　　要是非得只凭这点来判断，照理说几乎所有人的回答都会相同。

　　"这……当然是每天都认真生活的那个人呢。"

　　"真相或许并非如此。不过，只要帮助判断的素材越少，就会越重视现有素材。这次也正是这样，但须藤并没有意识到自己的错误。对堀北来说，这无法原谅吧。"

　　我想只要须藤能稍微有点反思，结果就不一样了吧。

　　"原来是这么回事啊……"

　　栉田完全理解了堀北所说的意思，便领悟似的独自轻轻点头。

　　"也就是说，堀北同学是想让须藤同学意识到自己的错误才不帮他的吗？"

　　"嗯，就是这么回事。堀北是希望须藤通过受罚而意识到自己的错误吧。"

　　栉田虽然明白意思，却没有因此认同。

　　岂止如此，她还愤怒地做出紧握拳头的动作。

　　"为了惩罚须藤同学而丢下他……我无法接受这种想法。如果堀北同学心怀不满，我觉得至少必须直接告诉他。这样才是朋友呀。"

　　因为堀北不认为须藤是她朋友……这就先姑且不论

了，毕竟她本来也不是会温柔指引他人的那种人吧。她也没道理这么做。

"栉田你只要贯彻自己的想法就好。因为想帮助须藤的想法本身应该是没有错的。"

"嗯！"

栉田毫不迟疑地点点头。只要是为了朋友，不管多少次都会伸出援手。这乍看很简单，实际上却非常困难。这应该只有栉田才办得到吧。

"只是……我觉得先不要向须藤指出问题点，等他自己意识到比较好。只有表面反省并没有任何意义，有些道理只有自己发现，才能领悟到。"

"这样呀，我知道了。那就依照绫小路同学你的建议去做。"

栉田像是要转换自己心情似的用力伸了伸懒腰。

"走吧，我们去找事件的目击者。"

我们回到教室与池他们会合。

"咦？结果你们没成功说服堀北啊？"

"嗯，对不起，失败了。"

"这不是小栉田你的错啦。而且只要有我们在，战斗力就十分充足了吧。"

"我很期待你们的表现哟。"

栉田用亮晶晶的双眼如此拜托，两人的眼睛瞬间变成了爱心形状。

"那要从哪里开始找呢？"

随机寻找目击者的效率太低了。

先决定个方针再开始行动应该会比较好吧。

"如果大家不介意的话，我们就先从 B 班开始问，如何？"

"为什么是 B 班呢？"

"因为我最希望目击者是这个班的……"

"对不起，我不太懂绫小路同学你的意思。"

"对 B 班来说，D 和 C 哪个班级比较碍事……换句话说，哪个班级比较有可能威胁到自己的班级？"

"当然是 C 班喽，所以 C 班要最后再去对吧。可是，我们不是也可以去 A 班吗？"

"一方面是因为 A 班的情报还太少，而且我不认为他们会想贸然与麻烦事牵扯上关系。况且，A 班可能根本没把 C 班或 D 班放在眼里。"

当然，我们也还不清楚 B 班能否信任。因为如果碰到狡猾之人，说不定会想出不仅能踢掉 C 班，就连 D 班也可以一并解决的计策。即使没有想得这么深，想必也还是会将明哲保身放在第一位吧。

"那我们赶紧去 B 班吧！"

"等等。"

我不禁抓住了栉田的衣襟。

"喵！"

栉田吓了一跳，发出像是猫叫声的惨叫。

"好萌！"

栉田这可爱的动作，让山内的眼睛变成了爱心形状。这八成是她计算好的哦……

虽然这么说，不过我心里也是小鹿乱撞。

"栉田的沟通能力在这件事情上确实不可或缺。不过，随意进入其他班级与交朋友是两码事。"

"是吗？"

如果目击者是那种愿意无偿帮助我们D班的人，那就没必要烦恼了。然而，假如对方是心机很深的家伙，就不知道人家肯不肯乖乖帮忙。

不试着谈谈看的话，也不知道对方是否会帮我们D班。我们也是考虑到这点才会向B班求助……不过结果究竟会如何呢？

"你在B班有认识的人吗？"

"有哟。虽然感情不错的也只有几个人而已。"

"我们先集中向这些人打探消息吧。"

我希望尽量先别让人知道我们这些D班的人已经开始拼命找起目击者来了。

"一个一个来不是很费工夫吗？一口气问完绝对会比较轻松啦。"池似乎不喜欢拐弯抹角的作战。

"我也觉得这样好像有点太消极了呢。我认为从B班开始问的确很好，不过还是趁能问的时候多问一点人比较好。不然也许会因为时机不对，而没和目击者说到话。”

“也是啊，或许如此呢。那就按照栉田你们认为好的方法去做吧。”

“抱歉呀，绫小路同学。”

栉田不好意思似的合掌道歉。她并没有任何不对，意见理所当然会出现分歧。假如出现不同意见的话，原则上会采取多数表决来决定。我同意之后就退了出来，交给栉田他们去处理。这时，我隐约感觉到了视线，便回头看了看。

教室里以平田他们为首，大约只有三分之一的学生还留着。

我想并没有什么特别不对劲的地方。

至少我当时无法看清那份异样感的真面目。

3

初次拜访其他班级，感觉气氛有点不一样。明明教室结构相同，却像是走错地方一样。我必须更正一下关于棒球或足球主客场区别微乎其微的误会。周围是敌是友，给人的印象竟然会如此不同。就算是池或山内看起来也都畏缩了。光是站在教室门口就这样，更何况是要走进去。

在这种情况下也只有栉田毫不动摇。不仅如此，她一看见朋友就露出笑容，挥挥手，接着走进 B 班。真厉害，我向这份精神看齐。栉田走进教室后，不论男女都有人找她攀谈。这种待遇跟在 D 班时完全一样。

看见这副模样，池跟山内比谁都还要忌妒。栉田正在跟等级明显比他们两人都高的帅哥们交谈，而且看起来非常亲近。

"可……可恶！把我的小栉田当作目标的男生太多了的啦！"

什么"的啦"啊……这是哪来的方言啊。

"池，别慌张。没关系，我们跟小栉田同班，所以我们比较有优势！"

这两人虽然很不甘心，却还是骄傲地彼此勾起手。教室里还有十余人，栉田开始对剩下的学生们说起须藤的事情。

话说回来，B 班的气氛与 D 班并没有什么不同。他们似乎也不是那种只有优等生的班级。他们班完全没有拘谨的氛围，学生好像也都随心所欲地行动着。校规虽然是自由的，但是我原本预想他们的发型或服装感觉应该会更朴素一些。然而，B 班不仅有染发的人，还有穿短裙的女生。

简单来说，不可以貌取人。或者是说，B 班在学习成绩以外的条件比 D 班优秀……看来这所学校的分班标准还有许多谜团。

我东想西想，开始觉得有点麻烦。

今天我只是陪栉田过来而已，所以全部交给她就可以了。

"好想回去……"

我不想被人听见这句即将脱口而出的自言自语，所以我小心翼翼地不让池他们发现，与门口保持了一段距离。

从窗外就能看见操场上的田径队正在跑道上边跑边流着汗。

只要待在开着空调的教学楼里，就一点也不想去室外。

"运动社团的家伙们，还真是努力啊。"

刚才在侦查 B 班的池出现在我身旁，跟我一样看向窗外。这家伙很没有耐性，干等着想必让他相当无聊吧。

"我啊，觉得玩社团活动的家伙们都是笨蛋。"

"这句话会让你与半数以上的学生为敌哦。"

虽然我不清楚正确的比例，不过这所学校的社团参与率，最少也有六七成。

"如果喜欢运动的话，当作兴趣不就好了。辛苦训练到那种地步，不是也没什么好处吗？"

我觉得光凭好处、坏处来看待社团活动，从一开始就是件奇怪的事。

社团活动本身就有许多好处，像人际关系中的沟通能力，失败或成功的经验……这些都是课本里学不到的

东西。我这个没参加过任何社团的回家社社员，在心中
如此解说了一番。

"或许吧。"

接下来我们又等了几分钟，然而还是没得到期盼中
的消息。

意外的目击者

隔天早晨，班上有一部分人正忙于交换消息。他们是昨天执行搜索目击者的团体，平田小组以及栭田小组。池他们虽然很讨厌受欢迎的平田，但似乎对紧跟着平田的女生按捺不住兴奋之情，看来正很开心地热络聊天。就我所听见的，平田他们也没有得到什么比较有用的消息。看来事情并没有简单到放学后探听一次就能找到目击者。大家正在记录当面问过话的对象，不时地操作手机并做笔记。

我则是一如往常的孤单一人。虽然栭田向我搭过话，但我不擅长面对人群，即使待在那种场合，我也不会发言。于是，我就请她晚点再把情况告诉我。

另一方面，这名不断拒绝栭田邀约的邻座同学，今天也依然一脸事不关己地进行着上课前的准备。

身为事件当事人的须藤，则还没到校。

"真的有办法证明是C班那些家伙的不对吗……"

"只要能找到目击者，这也不是不可能的哟。一起加油吧，池同学。"

"就算你说要一起加油，但真的会有目击者吗？须藤不是说隐约觉得有目击者而已吗？这果然是骗人的吧？那家伙本来就很暴力而且还时常挑衅别人。"

"如果连我们都怀疑他，那事情就不会有任何进展了。不是吗？"

"话虽如此……可是假如最终判定为是须藤的错，那好不容易增加的点数，就会全部被没收对吧？这么一来就会是零点哦，零点！这样下去不管到什么时候，我们的零用钱都会是零。尽情玩乐根本就是个遥不可及的梦。"

"那时候大家再从头开始存不就行了。我们也才开学三个月而已。"

今天我们班的英雄也毫不动摇地说着了不起的话，女生因为平田这种耿直的发言而红了双颊。轻井泽对她自豪的男朋友非常引以为傲，因而表现得一脸得意。

"我认为点数很重要，毕竟它还会关系到大家的干劲。所以无论如何我都想死守着班级点数，即使它只有八十七点。"

"我理解你的心情，但太执着于点数而看不见本质也是很危险的。对我们来说，最重要的是珍惜伙伴。"

池对于平田这滥好人似的发言表现出狐疑的态度。

"就算……错的人是须藤也一样？"

明明不是自己的错却被责怪，心里一定会觉得不好受。这是理所当然的。

然而，平田却毫不迟疑地点了头。池被这种仿佛诉说着"牺牲自己根本不算什么"的直率想法给镇住似的低下了头。

"平田同学说的话虽然很正确，但我果然还是很想要点数呢。A班那些人每个月都能得到将近十万日元，我真是超羡慕的，而且也有女生买了一堆流行服饰及配件。与之相比，我们岂不就像是在最底层吗？"

坐在桌上的轻井泽摇晃着双腿。看来同年级学生之间的压倒性差距让她痛苦得不得了。

"为什么我不是一开始就在A班啊？要是我在A班的话，现在应该正过着非常快乐的校园生活吧。"

"我也觉得要是我在A班就好了呢，这样就可以和朋友去各种地方玩了。"

回过神来，拯救须藤的讨论，已经转为各自的妄想。

除了隔壁的我之外不会有人发现，堀北对池和轻井泽的妄想不由自主地笑出声来。她应该是想说"你们怎么可能一开始就在A班"吧。

接着，她为了不让自己受到噪声影响，于是随即拿出从图书馆借来的书，开始读了起来。我看了一眼，发现是陀思妥耶夫斯基的《群魔》，选得真好。

"要是有那种一瞬间就可以升上A班的秘诀就太棒了！要存班级点数实在太困难了吧。"

我们跟A班的差距大约是一千点，不用说也知道天差地远。

"你就开心吧，池。有个唯一的办法，能够让你瞬间升上 A 班。"

教室前门传来了这样的声音。茶柱老师在距离上课开始还有五分钟的时间点来到了教室。

"老师……你刚才说什么？"

不禁差点从椅子上跌下去的池端正了姿势，回问道。

"我说，即使没有班级点数，也有方法能够升上 A 班。"

正读着书的堀北也抬起了头，想了解这是真是假。

"又来了……小佐枝老师，你别再捉弄我们了啦。"

"我才不会被骗。"就连平时会咬着话题不放的池，这次也如此笑道。

"这是真的。这所学校也有这种特殊方法。"

然而，如此回话的茶柱老师看起来完全不像在乱说话。

"看来……这似乎并不是为招来混乱的诡计呢。"

就算茶柱老师有时候不会提供该给的消息，应该也不会说谎吧。

池那嘿嘿傻笑的态度，也逐渐开始改变。

"老师，请问您所谓的特殊方法是什么呢？"

池为了不得罪老师，便像是在请示上级般如此问道。

已经进教室的学生们也全都看向了茶柱老师。

即使是不觉得升上 A 班会有多大好处的学生们，也都认为预先知道这种方法不是什么坏事吧。

"我在开学典礼当天应该已经通知过了。这所学校里没有点数买不到的东西。换句话说，就是你们可以使用个人点数来强行换班。"

茶柱老师轻瞥了堀北和我一眼。用点数向校方购买考试分数的这个方法，我们已经实际尝试过了。这就是老师所言不假的证据。

班级点数跟个人点数是连在一起的。假如没有班级点数，也就不会有每个月汇入的个人点数。不过，这也不完全等于无法获得点数。预先知道这件事对班级也是有利的。只要有转让点数的方法，理论上即使班级点数是零，也可以收集个人点数。

"真……真的假的！要存多少点数才能够做到这种事情呢！"

"两千万。你们努力存吧。这么一来就能升上自己喜欢的班级了。"

池听到这不合理的数字，便从椅子上夸张地跌下去。

"两千万……这不是绝对不可能的吗！"

各个座位也同样嘘声四起。期待越多，失望越大。

"确实正常来说不可能。但由于这将会无条件晋升A班，所以点数这么高也是当然的吧。假设减少一个零，那么三年级毕业前夕A班人数应该会超过一百人。这种A班一点价值也没有。"

这并不是只要维持每个月发的十万点，就能够简单达成的数字。

"那么请问……过去有没有学生成功更换过班级呢？"

这是理所当然的问题。高度育成高级中学创立以来已经过了大约十年。成千上万名学生在这所学校里战斗到最后。要是存在着达成目标的人，即使只有几个，也至少能让我们感受到这个梦想并不是遥不可及的。

"很遗憾，过去并没有人成功。理由应该非常明显吧。即使从开学起就精准维持班级点数，并且也不使用点数，三年也才三百六十万。就算像 A 班那样有效率地增加点数，也不知道能否达到四百万。正常存点数是绝对不够的。"

"这样岂不就跟办不到是一样的吗……"

"实际上近乎不可能，但并非完全办不到。这差别可是很大的哦，池。"

我注意到班上半数学生都对这个话题失去了兴趣。

对目前希望获得一两百点个人点数的 D 班而言，两千万这种高额点数是个遥不可及的梦。

"老师，我可以问个问题吗？"

举手发问的人，是刚才静观情况的堀北。她应该是觉得事先详细了解晋升 A 班的手段没什么坏处吧。

"请问学校开设以来，学生最多存了多少点数呢？

如果有例子作参考的话，我希望您能告诉我。"

"这个问题相当不错啊，堀北。他应该是在距今三年前，即将毕业的 B 班学生吧。有一名学生存到了一千两百万左右的点数，这在当时成了话题。"

"一……一千两百万！而且还是 B 班的学生！"

"不过那名学生最终没有存到两千万点，而且在毕业前就被退学了。退学的理由是……那名学生为了存点数，进行了大规模的诈骗。"

"诈骗?"

"他一个接着一个地欺骗刚开学且涉世未深的一年级学生来收集点数。虽然他是打算存够两千万转到 A班，但是校方不可能允许这种暴行，对吧？我认为着眼处并不坏，可是对于破坏规则的人，校方也必须严厉制裁呢。"

别说是成为参考，这些话让我们再一次认识到要存到两千万点几乎不可能。

"刚才那些话的意思是，即使我们触犯校规，极限也是一千两百万呀。"

"看来我也只能放弃，并且乖乖靠班级点数来往上爬了呢。"

堀北觉得特地举手发问的自己像个笨蛋，接着重新开始读起书来。

世上哪有这么便宜的事情。

"原来你们当中还没有人在社团活动中获得点数啊。"

茶柱老师偶然想起似的做出令人意外的发言。

"那是什么意思啊?"

"依据学生在社团活动中的活跃及贡献程度,有时候会个别发放点数。例如,书法社的人如果在比赛中获奖,这种状况校方就会给予与其相应的点数。"

班上的同学们对于初次听闻的消息大吃一惊。

"只……只要在社团活动里表现活跃,就能获得点数吗?"

"是的。除了我们班,其他班很可能都已经确实通知完毕了。"

"喂,这太过分了吧!老师你应该早点说啊!"

"忘记了也没办法吧。再说,社团活动并不是为了获得点数才参加的。这件事无论你们何时知道,照理说也都不会有影响。"

茶柱老师毫无反省之意地说道。

"不不不,没有这回事。如果知道这件事的话,我……"

"我就会参加社团了……你不会打算这么说吧?你难道认为用这种草率的心态参加社团,就可以获奖或是在比赛中表现活跃吗?"

"这……或许你说得没错……但这还是有可能的吧!"

茶柱老师的说辞与池的说辞，我都能够理解。原本不想玩社团的人就算为了点数而参加社团，也只会一事无成吧。岂止如此，以半吊子心态加入社团，也可能会妨碍到认真埋头于社团活动的学生。

但相反的，为了点数而加入社团，也有可能让才能开花结果。

无论如何可以确定的是……我们的班主任非常坏心眼。

"不过现在想想，说不定我们在更早的阶段就能看出来了呢。"

"平田同学你是指什么呢？"

"你们回想看看，体育的东山老师在游泳课的时候不是说过吗？他在第一堂课时，说会发给第一名的学生五千点。如果那是为了让我们看穿这件事情的话，就很有真实感了。"

"我怎么可能会记得啊。"池垂头丧气地抱头说道。

"如果可以得到点数，不管是书法、手工还是什么的，说不定我都已经在做了……"

池好像只看到了有利的一面，但我想茶柱老师这番话应该另有隐情。

如果不认真投入社团活动并且胡闹的话，照理说也会在审查时被扣分。草率选择应该只会自取灭亡。

不过，社团活动中的成绩将反映于点数——这件事情变得明确也相当重要。

"堀北，拯救须藤的价值这不就出现了吗？"

"就因为他在玩社团，所以你要我救他？"

"须藤才一年级就可能被选上正式球员的事，你上次也听见了吧？"

堀北像是想起似的轻轻点头。

"原来这是真的啊……"

看来对于须藤可能被选上正式球员的事，她至今都是半信半疑的。

"拥有多一点个人点数是再好不过的，对吧？他不仅能支撑自己的不及格分数，而且还能像我们这样去拯救别人。"

"不过我很难想象他会为了别人而自掏腰包呢。"

"我是针对'存下点数是再好不过的'这件事。你明白吧？"

无论是班级点数还是个人点数，多一点都会比较好。

再说，现阶段也还没弄清楚赚取分数的方法。如果须藤待在班上能够增加获得点数的机会，称得上是十足的贡献了吧。堀北也陷入了沉默。若要说为何，那是因为堀北现在也还没能力获得点数。

"我不打算强迫你帮忙，但是你至少也得认同一下须藤的存在了吧。"

堀北说话虽然很苛刻，但还是会确实地掌握、认清利害关系。

她应该会好好接受事实。

我认为没有必要再继续多嘴，因此结束了对话。

堀北则陷入沉思。时间悄悄溜走。

1

同学们听了那段童话般的故事后，班上的气氛虽然热闹了起来，但却又立即被现实拉回。放学后，大家便像昨天那样四处打听目击者的消息。

另一方面，我对栉田以及池他们高明或说自然的与他人对话互动相当佩服。我一面对此表示敬意，一面独自在后方像背后灵似的四处跟着他们走。

连跟同班同学尽情聊天都无法办到的我，明显不可能胜任得了寻找目击者的任务。初次见面就能像老朋友般交谈的这些家伙，究竟是什么啊？怪物吗？

根据情况，他们不只是姓名，就连对方的联络方式都要到了。也有被栉田他们人格影响而主动上前询问的人。这也是个了不起的才能呢……

栉田他们在时间允许的情况下也前往了二年级学生的教室，却没得到有用的线索。

放学后，学生的数量也急遽减少。在已经开始没有学生与我们擦肩而过的时候，我们将搜索告一个段落。

"今天也不行呢……"

大家为了重新研拟作战，而来到我的房间。

不久须藤过来加入后，我们就开始了讨论。

"怎么样啊？有什么进展吗？"

"完全没有。须藤，目击者真的存在吧？"

我也明白池想怀疑的心情。即使加上学校的通知，我们又四处打听消息，但别说是目击者，就连可能获得消息的迹象也没有。

"什么？我又没说有谁在场，我说的是好像有其他人的动静。"

"咦……是这样子？"

"须藤同学确实没说他'看见人'呢。他只是说'总觉得有人'而已。"

"难道不是须藤的幻觉吗？他在嗑什么危险的药物吧。"

不，再怎么说这也讲得太过火了……须藤用锁头技扣住了池。

"啊！投降！投降！"

姑且不论玩在一起的这两个人，栉田与山内正持续苦思。

我们做了各种讨论，约莫十分钟后，栉田像是灵光乍现般开口说道。

"也许换个方向会比较好呢。例如像是寻找看见目击者的人。"

"寻找看见目击者的人？不太懂你的意思欸。"

"就是要寻找事件当天有没有人看见谁去了特别教学大楼对吧？"

"嗯，你们觉得怎么样呢？"

这是个不错的主意。虽然几乎没有学生进入特别教学大楼，但是大楼入口本身却处在大家目光所及的范围之内。也就是说，只要出现"我在那个时间看见某人进入特别教学大楼"的证言，那就代表接近了目击者一步。

"这不是很好吗？那一切就拜托你们了。"

回过神来，身为事件当事人的须藤已经开始用手机玩着他最近很入迷的篮球游戏来消耗精力了。他在说奇迹的世代怎样之类的，我不太明白他在说什么。他接着做出了胜利姿势，似乎是赢了游戏。

虽说须藤也没办法做什么，但是池跟山内对他的模样似乎很不服气。即使如此他们也没当场发泄不满，应该是因为须藤的反击很恐怖吧。他们假装自己没看见。

明天就已经是星期四了。到了周末，四处探听消息也会变得更不容易。

实际上时间可以说是所剩无几吧。

就在这个时候，玄关的门铃响起，出现了访客。

会拜访我房间的极少数人员都已经全部聚集在这里了。

我一边心想"该不会是那个人吧?"一边应门,结果露脸的果真是我猜想的那号人物。

"关于目击者,你们有进展了吗?"

堀北看透一切似的用高高在上的语气问道。

"不……还没有。"

"因为是你,我才愿意说出来。关于目击者,我有点……"

堀北话说到一半,就注意到地上摆放着多双鞋子。

她打算掉头就走,因此我便急忙留住她。

枥田可能是在意我迟迟不回,于是偷偷探过头来。

"啊!堀北同学!"

枥田满面笑容地大力挥手。堀北看见这副模样,叹了口气。

"看来你只能进来了哦。"

"看来是呢……"

堀北的样子很无奈,不情愿地进了房间。

"哦!堀北!"

最高兴的当然是须藤,他中断游戏站了起来。

"你愿意帮我忙了吗?欢迎你呢。"

"我并没有那种打算,你们不是连目击者都还没找到吗?"

枥田无精打采地点点头。

"你如果不是来帮忙,那是来做什么的啊?"

"我只是好奇你们用什么计划来行动。"

"就算你只是愿意听，我也很开心哟。我也希望你能给点建议。"

栉田说出刚才她想到的点子，但堀北的表情始终都很僵硬。

"我不会说这个计划不好，只要时间充裕的话，迟早也会得到结果呢。"

时间确实是个阻碍。能否在剩余几天之内拿出结果，实在让人很没把握。

"既然已经确认完现状，那我就先失陪了。"

堀北并不想久待，还没坐下就想走了。

"你不是想到什么了吗？关于目击者的消息之类的。"

刚才在玄关她明显打算说这件事。

这家伙也没友善到会毫无意义地拜访我的房间。

"对于效率低下的你们，我只给一个建议。所谓远在天边，近在眼前。须藤同学事件的目击者确实存在，而且就在我们的身旁。"

堀北带来的消息比想象中还要更加重大。

我们就连是否存在目击者都很怀疑了，她却说得好像已经发现了目击者。

"这是什么意思啊，堀北？目击者……你是说真的吗？"

比起喜悦，须藤先是感到惊讶以及怀疑。这也没办法。

　　包括我在内，在场的每个人在听见答案之前都不会相信吧。

　　"是佐仓同学。"

　　堀北说出意想不到的人名。

　　"佐仓同学？是同班的那个女生吗？"

　　山内与须藤彼此对视，仿佛在说"佐仓是谁啊？"。这也没办法，就连我也没有马上想起。

　　"这次事件的目击者就是她。"

　　"为什么你能够这么肯定啊？"

　　"栉田同学在教室说出有事件目击者时，她低垂着双眼。多数学生都看着栉田，或者是一脸不感兴趣。然而，只有她一人是这样呢。事情如果与自己无关，是不会摆出那种表情的。"

　　我完全没有注意到……不禁很佩服堀北的观察力，竟然在那种情况下还能不漏看班上同学的动作。

　　"毕竟你也是盯着栉田同学的其中一人，所以这也没办法呢。"

　　她好像是在挖苦我。

　　"换句话说，就是那个叫作佐仓还是小仓的，很可能是目击者吗？"

　　须藤说出就连当今年轻艺人都不会搞笑装傻的玩笑话。

"不，佐仓同学毫无疑问就是目击者。刚才我直接向她确认过了。虽然她没有承认，但是肯定是她没有错。"

堀北在我们不知道的时候，以她自己的方式展开了行动。

大家对于堀北为了班级四处奔波，感到十分感动。

"你果然为了我……"

虽然须藤是在感动别的地方。

"你别搞错。我只是不希望你们把时间花在寻找目击者这种徒劳无功的事情上，并将丑态暴露给其他班级看。仅此而已。"

"总之你帮助了我们对吧？"

"要怎么解释都随你便。但是我要澄清一点，就是事情并非如此。"

"又来了。什么嘛，你根本是傲娇嘛，堀北。"

池开玩笑似的打算拍堀北的肩膀，但他的手臂却被抓住，还被压倒在地。

"痛、痛、痛！"

"别碰我。下次你要是再碰我，直到毕业我都会一直瞧不起你。"

"我……我没有碰到你啦……虽然是打算碰你……好痛！好痛！"

池又是尝到锁头技，又是遭到锁臂技的，真是灾难连连。虽然这是他自作自受。

话说回来，刚才那些并不是一般女孩子能够做到的动作。从堀北的哥哥会空手道、合气道来推测的话，这家伙也在学些什么吧？

"唔唔……我的手臂！"

"池同学。"

堀北看着在地上痛苦挣扎的池，她应该是觉得自己做得太过分了吧。

"能允许我更正下内容吗？直到毕业，事情可不会只有瞧不起你这么简单。"

"唔唔唔！这样更过分了！"

池受到言语上的打击，精疲力竭地倒了下去。

不过竟然是佐仓……目击者居然偏偏出现在 D 班。

很难讲这称不称得上是个好消息。

"这不是太好了吗，须藤？如果是 D 班学生，那她绝对会愿意作证的！"

"哦。我虽然很高兴有目击者，不过佐仓是谁啊？你认识吗？"

山内接着吃惊地回答道：

"你是认真的吗？她就是坐你后面的女生啊。"

"不是吧，是左前方吧？"

"你们都说错了哟……是须藤同学的右前方。"

枛田看起来有点不高兴地如此更正。

"右前方……我完全不记得欸。虽然我是有感觉到好像有谁坐在那里啦。"

这是当然的吧。如果只有右前方的座位空着，那也太莫名其妙了。

那名叫作佐仓的女孩确实存在感薄弱。但即便如此，连对方的存在都不知道，还真是个大问题。

"我应该认识她哦，有点耳熟。"

须藤有种脚碰不到地的轻飘飘感。

"跟我说说她有什么特征吧。"

"就是那个啦。戴着眼镜，不太起眼的女生。"

池复活过来回答佐仓的特征。但再怎么说，光凭这些也无法让人明白吧。

"啊……是那个不起眼的眼镜女呀。"

你们还真的把这一点挂记在心上了啊……有点让人傻眼。

"不可以用这种方式去记住人家啦，池同学。这样她很可怜。"

"不……不是啦，小栉田。我绝对不是抱持着不正当的出发点在说。你看，我们不是会用'这个男生个子很高'等印象去记人吗？我只是同样准确掌握住对方的身体特征而已！"

栉田对池的信任感急遽消失。池虽然急忙挽救，却已经太迟了。

"可恶！不是……不是这样啊！那种不起眼的女生，

我完全不喜欢！不要误会我啦！"

不，我想栉田她完全没有误会这点。

大家放着崩溃大哭的池不管，就这样把话题转移到了佐仓身上。

"剩下的就是佐仓同学知道多少了呢。这部分情况如何呢？"

"谁知道呢？这也只能向她本人确认了呢。"

"那我们接下来一起去佐仓的房间不就好了吗？也没什么时间了。"

山内提出的建议说得过去，但这还是得取决于对方的个性及想法吧。

佐仓是个非常乖巧的女生。要是不熟的人忽然不请自来，她肯定会感到为难。

"那我先个打电话吧？"

这么说来，栉田知道包含我跟堀北在内的全班同学的联络方式。

栉田将电话贴在耳边约莫二十秒，摇摇头，结束通话。

"不行，她没接呢。我待会儿再打打看，但这样也许会有点怪怪的。"

"怪怪的是指？"

"即使她告诉我联络方式，我觉得被不太熟的我联络，她也会困扰呢。因为我找她说话，她也不太想理我。"

她有可能故意没接电话？

"意思是她就像堀北这种类型的人吗？"

我觉得在堀北本人面前使用这种问法很有问题哦，池。

虽然堀北似乎不介意。不如说，她对池的发言好像没什么兴趣。

"再见。"

"啊，堀北同学！"

堀北抓准时机忽然站起来，接着走向了玄关。

当我们站起来想追上去时，就听见"啪"的关门声。

"真是个傲娇的家伙。"

须藤一边用食指蹭蹭鼻尖，一边有点开心似的嘿嘿笑。

虽然我觉得那家伙既不傲也不娇，属性完全是"无"……她是无傲、无娇才对。

既然堀北都回去了，少了她也没办法。我们于是继续讨论。

"据我的观察，感觉佐仓同学应该是单纯很怕生吧。"

了解几乎没怎么说过话的人才奇怪吧。

"她不管做什么都很不起眼呢。"

啊，栉田又露出了苦笑。池发现之后，又开始后悔自己搞砸了。

人是种会重复失败的生物——他就像是这句话的最

佳写照。

我明明没做任何发言，却总觉得栉田仿佛把我跟池、山内视作同类。

"咦？佐仓长什么样子啊？不行，我完全想不起她的长相。"

佐仓的名字跟长相我则是勉强对得上。

佐仓有种总是独自静静驼着背的形象。

"这么说来，我好像没见过佐仓跟谁讲话欸。山内你呢？你好像说过自己被佐仓告白了对吧？这样的话，不就能顺利跟她问出消息了吗？"

这么说来山内确实说过这种话。我因为池的这些话而回想起来。

"啊，嗯……我好像说过这种话，但也好像没有说过欸。"

山内迅速装傻。

"果然是骗人的啊……"

"才……才不是呢。才不是骗人的，只是我搞错了。不是佐仓，而是隔壁班的女生啦。她也像佐仓一样是个性格阴沉的丑女。哦！抱歉，我收到邮件了。"

山内说完这些话打算蒙混过去，便拿出手机装模作样地操作着。

佐仓确实很不起眼，但好像也不是丑女。虽然我没有清楚直视过她的脸，不过她的容貌似乎相当端正。

即使如此我也无法很有把握地断言，果然是因为佐仓没什么存在感的缘故吧。

"明天我先自己去问问她看。我觉得一群人向她搭话，只会让她产生戒心。"

"这么做应该不错。"

要是栉田都无法卸下佐仓的戒心，那么谁都无法说服她了吧。

2

"好热……"

这所学校的制服并不会换季，全年都规定穿西装外套。理由很简单，因为学校无论何处都设有完善的冷暖气设备。缺点就只有上下学时的炎热感。

早上从宿舍到学校的几分钟，我的背已经开始冒出一层薄薄的汗水。

我逃命似的进入教学楼，迎接我的便是凉爽的空间。

对晨练的学生来说，这还真是地狱。努力晨练完的同学，正聚集在教室的冷气出风口附近。在旁观者看来，他们就像是群聚在灯光下的虫子。这个比喻好像不是很好。

"绫小路同学，早安。"

向我打招呼的人是平田，今天他的表情也非常爽朗。我从他身上隐约闻到了甜甜的花香味。如果换成女孩子，八成会忍不住说出"抱紧我吧！"来恳求平田。

"我昨天从栉田同学那里听说了哦，她说找到目击者了呢。好像是佐仓同学。"

佐仓还没到校，平田往她的座位看了过去。

"你平常会跟佐仓说话吗？"

"我吗？仅限于打招呼，她在班上总是一个人。虽然我也想做点什么，不过如果对方是异性，我也没办法硬是邀请人家呢。虽说如此，如果拜托轻井泽同学似乎也会产生一些问题。"

超积极派的轻井泽与佐仓之间的对话……这还真是难以想象。

"我想我们还是先等栉田同学的消息吧。"

"没问题，不过你为什么要跟我说啊？去跟池或者山内讲会比较好哦。"

把话告诉我这种小团体最底层的人，也没有任何意义。

"没什么特别的理由……但硬要说的话，应该是因为你也能联系堀北同学吧？因为堀北同学除了你之外，好像都不会跟别人说话呢。"

"原来如此。"

唯有这点，我比那两个人都还更加能够胜任。我应允后，平田就露出了可爱的笑容。

如果换成女孩子，刚刚那种动作想必会让她的心动点数达到一百，并且心跳不已吧。

"对了。如果可以的话，我们最近一起出去玩吧。怎么样？"

喂喂喂，这家伙光是女生还不够，打算让我也心跳不已吗？

假如你以为热爱孤高的我会轻易答应英雄的邀请，那就大错特错了。

"如果我有时间的话就去。"

啊！我讲出与心中想法完全相反的话了。可恶，我的嘴巴怎么这么坏。

我才完全没有在等平田来邀我出去玩呢。

对……对啦。这都是大和民族的错。因为生性无法拒绝，因此只要受到邀约就会迷迷糊糊地跟着去。

"抱歉，你是不是没兴趣啊？"

平田察觉到我正在烦恼。

"我去，我去。我当然要去！"

我用可能会让人感觉有点恶心的语气回答道。

佯装自己是个自尊心强的男人，但实际上却想去得不得了。

"不过，你女朋友没关系吗？"

"嗯？哦，你说轻井泽同学？没问题的。"

他的反应真干脆呢。嗯，情侣的交往方式应该也是千差万别吧。

从他们还互相称呼姓氏这点来看，他们的关系或许还不算很亲密吧。

我依依不舍地与平田道完别，便一边玩着手机，一边等待班会开始。

等我回过神来，佐仓已经坐到座位上了。

她也没在做什么特别的事情，只是呆坐在座位上等待时间过去。

佐仓究竟是个什么样的学生呢？

开学三个月，大家却除了她的姓氏之外，其他一无所知。

这不光是我，班上的其他人似乎也都不知道。

栉田与平田很积极，不论跟谁都能打成一片。而堀北则不会因孤独感到痛苦。

那么佐仓呢？她跟堀北一样喜欢独自一人吗？还是说，她也像我一样不知道与人的相处之道，因此正在烦恼呢？栉田应该会帮我弄清楚这个疑问吧。

3

放学后，栉田在班会结束的同时离开座位，然后来到静静准备回家的佐仓身边。栉田很罕见地有点紧张。

池、山内还有须藤也很在意对话的内容，而将注意力放在栉田她们身上。

"佐仓同学。"

"什……什么事？"

戴着眼镜的驼背少女看起来很无精打采地抬起了头。

她没想到会被人搭话，显得有些慌张。

"我有些事想请教你，可以吗？是关于须藤同学的事情……"

"对……对不起，我……接下来还有安排……"

佐仓露出很明显的尴尬表情，撇开了视线。她强烈地散发出一种不擅长或者不喜欢跟人说话的气息。

"我不会占用你太多时间哟。这件事情很重要，希望你可以告诉我。须藤同学被卷进事件时，佐仓同学你是不是就在附近呢？"

"我……我不知道。堀北同学也这么问过，可是我真的完全不知道……"

佐仓的话语虽柔弱，但清楚地表示了否定。

栉田也不想对表现出反感的佐仓做出逼问的行为吧。

虽然栉田有点不知所措，却还是立刻恢复了笑容。

她觉得即使如此也不能在此轻易作罢吧。

因为佐仓的存在，说不定会深远地影响须藤的未来。

"我……可以回去了吗……"

不过，佐仓的模样好像哪里怪怪的。看起来并非单纯不擅长与人对话，而是在隐瞒些什么。这点从她的行为看得出来。

她隐藏着自己的惯用手，连视线都不愿意交错。即使不擅长与人眼神交会，也会在某种程度上看向对方。可是佐仓却一点也不打算面向栅田。

如果对象换成我或者池，那也还能理解。她跟栅田在表面上也交换过联络方式。她所表现出来的举止实在很异常。堀北从她身上感受到的异样感并没有错。想必她也像我一样发现了几点可疑之处。

"我现在能不能占用你一点时间呢？"

"请……请问这是为什么呢？我明明什么也不知道……"

若要说栅田有什么失败之处，那也许就是在这种场合向她搭话。

不自然的对话要是拖得越久，必然会集中周遭目光。

然而，这对栅田来说应该完全失算了吧。她认识佐仓，而且还交换了联络方式。她可能预想自己可以更顺畅地跟佐仓谈话吧。

如果她没料到会被拒绝，那么这种状况也就能理解了。

在我旁边看着整件事情经过的堀北，有点得意地往我看了过来。

我知道你的洞察能力非常优异啦……

"我不擅长与人相处……对不起。"

她完全不想接近栀田，这真的很不自然。

栀田对于过去曾经说过话的佐仓，是这么形容的——虽然温和乖巧，但也只是个普通的女孩。

她刚才的态度明显不寻常。栀田也察觉到了这点，因此藏不住心中的困惑。栀田明明就擅长与人拉近距离，这次却不太顺利。

堀北也正因为清楚这点，得出了一个结论。

"真是棘手呢，没想到无法成功说服她。"

堀北说得没错。这个班级恐怕没有人比栀田更擅长与佐仓交谈。

即使对象不擅长与人相处，栀田也能营造出让人自然对话的空间。

不管是谁都拥有一种叫作个人空间或者个人领域的东西，它是种"若是被别人靠近就会感到不愉快的空间"。

身为文化人类学者的爱德华·霍尔，把个人空间细分成四种。其中有一种空间领域叫作亲密距离。当他人靠近到可以抱住自己的程度，也就是踏入亲密距离中的"极近距离"时，人自然而然会表现出强烈的排斥感。不过，如果是恋人或好友，就不会对这种距离感到不舒服。栀田的情况则是即使她踏入了关系不太亲密的人的极近距离内，大致上都不会令人排斥。应该说是不会使人意识到亲密距离的存在。

然而，佐仓却对栌田表现出露骨的排斥感。

不对……她是打算逃跑。

像是在印证这件事情一般——她现在已经不再使用一开始所说的"我接下来有安排"这句话了。如果是接下来真的有安排的人，照理说会一直重复这句话。

佐仓像是要跟栌田保持距离似的收拾书包，站了起来。

"再……再见。"

她似乎觉得对话无法愉快结束，所以选择逃跑。

佐仓紧紧抓起放在桌上、应该是她私人物品的数码相机，然后迈出步伐。

就在这个时候，她的肩膀撞到了边走边用手机跟朋友聊天、没看路的本堂。

"啊！"

数码相机从佐仓的手中滑落，摔到地上发出巨大的响声。本堂似乎把注意力全都集中在手机上，简单说了声"抱歉抱歉"，就走出了教室。

佐仓急忙捡起数码相机。

"不会吧……画面出不来……"

她捂着嘴巴，大受打击。数码相机因为强烈撞击好像坏掉了。佐仓按了好几次电源按钮，也重新安装了电池，不过相机却没有开机。

"对……对不起。都是因为我忽然向你搭话……"

"不是的……是我自己太不小心了……再见。"

梳田没办法再叫住灰心丧气的佐仓，只能懊悔地目送她离开。

"为什么我的目击者会是那种阴沉女啊，真是倒霉。她到底想不想救我啊。"

靠在椅子上跷着二郎腿的须藤说完便长叹了一口气。

"她一定是有什么苦衷。而且佐仓同学也还没亲口说她看见了，你不可以这么说她哟。"

"我知道啦，我要是打算说的话刚才就会讲了。我已经是成人了，所以懂得自我克制。"

"须藤同学，目击者是她的话，说不定反而是件好事哦。"

"这是什么意思啊？"

"她一定不会当你的目击者替你作证。这个事件也将会处理成是你擅自引起的。虽然最后无可避免会对 D 班造成影响，不过幸亏时间点是现在。使用暴力，再加上伪证，我不认为这场牵连到校方的骚动会只有一两百点的惩罚。失去现有的八十七点便能了事，这也可以说是很幸运了呢。校方也无法漠视你的申诉，所以理应不会让你退学。虽然想必责任比例会大于 C 班。"

堀北一直以来都把想说的话藏在心中，但这次她毫不留情地滔滔不绝。

"别开玩笑了。我是冤枉的啦，冤枉的。我打人也只是正当防卫。"

"正当防卫不是这么天真的事。"

啊，这点我之前说过。

"哎，绫小路同学。"

我的肩膀被戳了戳，而回过头就看见栉田在离我非常近的地方。从近距离看栉田，她也相当可爱。我不但没有感受到亲密距离被入侵的不快，甚至还想要她更靠近一点。

"绫小路同学，你是站在须藤同学这一边的吧？"

"嗯……没错。不过，你怎么又重问了一遍？"

"你看，因为情势有点险恶，而且总觉得大家想救须藤同学的劲头正在减弱。"

我环视了一圈教室。

"是啊，大概是吧。虽然这真的也没办法。"

关键目击证人——佐仓，要是否认的话，那也无法有所进展。

"我不觉得能找到完美的解决方案。我们放弃吧，须藤。"

池也像是失去了一半干劲似的如此嘟哝道。

"什么啊，你们不愿意帮我忙吗？"

"毕竟……"

池仿佛在寻求认同般向班上剩下的同学们搭话。

"就连你的朋友也没打算帮忙。真遗憾呢。"

班上剩下的学生并没有否定池和堀北说的话。

"为什么就只有我会碰到这种事啊？真是一群没用的东西。"

"你说的话还真有趣呢，须藤同学。你难道觉得这一切都像飞镖吗？"

"你这话是什么意思？"

班上的情势不断变得险恶，今天更胜以往。

不过，看得出来须藤因为对象是堀北，而正在尽全力克制情绪。

此时，意想不到之处飞来一把利刃。

"你还是退学比较好吧？你的存在很不美丽。不，应该说是丑陋吧。Red hair^①同学。"

这个男人每天都看着随身携带的小镜子，整理自己的发型。

他是这个班级中格外显眼的男人——高圆寺六助。

"你说什么？你再说一次试试看啊！"

"要重说好几次实在太没效率了。真是 Nonsense。你若是自认为理解能力很差才这么说的话，我是不介意

---

① 话中夹杂着英文是此人的说话方式。

特别为你再说一次啦。"

高圆寺一次也没正眼看须藤，宛如自言自语般答道。

砰！教室响遍桌子被用力踹飞的声音。场面本来还有些许乐观气氛，顿时完全冻结。须藤气势汹汹地站起，不发一语地走向高圆寺身旁。

"你们两个都冷静一下！"

在这个最糟糕的情况下唯一能采取行动的男人，就是平田。我的心顿时小鹿乱撞。

"须藤同学，虽然你有问题，但是高圆寺同学你也有不对。"

"我打从出生就不曾做过不对的事情呢。这是你的误解。"

"正合我意，我要打得你面目全非，再让你向我磕头谢罪。"

"我说住手。"

平田抓住须藤的手臂严厉制止，可是须藤完全没有要停下来的意思。

须藤应该是打算把包含堀北的责骂在内的所有愤恨，全都发泄到高圆寺身上吧。

"快点住手啦，我不想看到朋友之间打架……"

"栉田同学说得没错。不管高圆寺同学怎么样，我都站在你这边，须藤同学。"

你太帅了啦，平田。你干脆不要叫平田，把名字改成"英雄"会比较好。这样蛮不错的。

"这个场面就交给我处理。须藤同学，你还是安分一点会比较好。要是你现在引起骚动，学校对你的评价也会变差。没错吧？"

"啧。"

须藤瞪了高圆寺一眼之后就离开了教室。教室的门被他"砰"的一声用力关上，接着走廊传来一声大吼。

"高圆寺同学，我不打算强求你帮忙，可是你严厉责骂他是不对的。"

"很遗憾，我并不觉得自己做错事了。哎呀，约会时间差不多到了。我先告辞了。"

在旁观两人罕见的接触同时，我深切感受到了班上的不团结。

"须藤同学并没有成长呢。"

"堀北同学你也是。你应该用更委婉一点的说话方式吧……"

"我对于打了也没反应的对象，不会手下留情。"

你明明对打了有反应的对象还是会毫不留情地继续打。

"你有什么意见吗？"

"唔……"

她朝我投来了一把锐利的手术刀（视线）。我虽然很害怕，却还是反驳了她。

"有句话叫作大器晚成，须藤将来说不定会打进NBA哦！他潜藏着带给世界巨大贡献的可能性。年轻人的力量，是无可限量的。"

我说出像是会使用在电视广告上的话语。

"我没打算全盘否定他十年后的可能性，可是我现在所需要的是升上A班的战斗力。现在不成长就没有任何意义。"

"您说的是……"

堀北坚持了她一贯的立场，因此并没有什么好担心的。我在意的是池他们。

他们轻易改变自己的立场，所以情况并不稳定。

"你跟须藤关系很好吧？你们经常一起吃饭。"

"还行吧。可是他有点拖后腿。跷课最多的是须藤，去打架的也是须藤，必须划清界限了。"

原来如此。看来池也有他自己的想法。

"我会努力说服佐仓同学。这样的话，这个糟糕的情势一定就会有所改变。"

"是吗？我就借这次机会说明。我认为佐仓同学即使作证效果也不会太好。校方恐怕也会对从D班忽然冒出的目击者表示怀疑。"

"你说怀疑……是指校方会认为这是假的目击者？"

"当然。照理说校方会认为我们是串通好来作证的，这无法成为决定性的证据。"

"不会吧……那怎么样的证据才靠得住呢?"

"假如奇迹真的存在,要是目击者是其他班或者其他年级的人,把事件从头看到尾,又深受校方信任,那说不定就有希望了呢。然而,这种人并不存在。"

堀北很有把握似的这么说道,而我的想法也跟她一样。

"那么……即使再怎么努力证明须藤同学是冤枉的也……"

"如果这次事件是在教室内发生的,那就另当别论了。"

"这是什么意思呢?"

"呃,因为教室里装有观察班上情况的监视器吗?所以不管发生什么,证据都会非常充足。如此一来,也能一举揭穿C班那伙人的谎言。"

我指了指教室天花板角落附近的两台监视器。

虽然校方为了不干扰到学生,而设置了微型监视器,还让它融入了教室背景之中,但教室里设有监视器确实是个不争的事实。

"校方会利用这些监视器来检查上课时的私下交谈或者打瞌睡。否则也无法每个月做出准确的审查。"

"真的假的?我之前都不知道!"

池仿佛心里受到冲击似的盯着监视器。

"我也是第一次知道呢……居然有监视器呀。"

"这东西意外地难以发现呢。我也是公布点数结果时才发现的。"

"一般人都不会在意监视器的位置。就算是经常去的便利商店，我们也不会特地去观察监视器的位置对吧？"

如果真的有人这么做，他不是心里有鬼，就是个神经兮兮的人。又或者是偶然看见才会记下来。

也就是说已经没必要再继续寻找目击者了，我打算回宿舍。

栉田他们很可能会说要寻找新的目击者，要是卷入其中也很麻烦。

"绫小路同学，要不要跟我一起回去？"

"……"

来自堀北的这份邀请，令我忍不住把手掌贴在她的额头。虽然堀北额头很冰凉，但也确实带有肌肤的温暖，并且相当柔软。

"我没有发烧哦，我只是顺便有些事想找你商量。"

"这……这样啊，没问题。"

堀北居然会邀请我，还真是稀奇。看来明天会下雨吧。

"你们两个果然有一腿对吧？昨天我光是想碰妳的肩膀，就差点被她杀掉了欸……"

池有点不服气似的看着我这只摸着堀北额头的手。

堀北察觉到这点之后，表情并没任何变化，抬头看着我说道：

"能拿开你的手吗？"

"噢，抱歉抱歉。"

不知为何堀北没有反击过来。我放下心的同时，把手移开了她的额头。这完全是无意的举动。

我们两人并肩走出教室。虽然我大概能猜到，但是堀北要说的具体是什么呢？

"对了。回去之前我想顺路去一个地方，可以吗？"

"只要别太久就没关系。"

"应该就十分钟左右吧。"

4

放学后的天气变得更加闷热，我们来到事件现场的特别教学大楼。由于不是杀人事件，所以大楼没有贴着禁止入内的封条，也不觉得与平时有什么不同。这栋大楼聚集着特别课程教室、家政教室、视听教室等不会频繁使用的教室。这里下课后就几乎没有人迹，因此不会让任何人撞见。如果要把须藤叫出来，那这里也算是校园中最理想的地点之一。

"好热啊……"

这里的闷热程度真不寻常。学校的夏季说不定本来就是如此，但教学楼里基本上都很舒适，因此我对炎热或寒冷的印象就模糊掉了。这是在整天开冷气的建筑物中待太久所产生的影响。我因为温差而觉得更热了。

这栋特别教学大楼在上课时应该也会开冷气，但现在冷风也已完全不着痕迹。

"抱歉啊，让你陪我来这种地方。"

站在一旁的堀北看起来一点汗也没流，静静地环顾走廊。

"你也真是奇怪呢，居然会自己主动参与到这件事情里。我们已经找到目击者，而且弄清楚无计可施。你还打算再做什么？"

"因为须藤是我最早交到的朋友，所以我多少会帮点忙。"

"那么你认为有方法令他无罪吗？"

"谁知道呢？这还很难讲。我之所以会一个人行动，是因为觉得跟着平田或栉田他们一大群人行动有点棘手，或者说是因为我不擅长那么做。想到大家今天或许也要一起去校舍或教室四处奔走，所以才选择逃跑。很像是避事主义者会做的事对吧？"

"确实如此呢，然后你还说因为是朋友所以才帮忙。真是一如往常的矛盾呢。"

"因为人类或多或少都是种只顾自己方便的生物。"

我之前也说过类似的话，不过堀北对我这种想法却意外地宽容。

正因为堀北平时都是单独行动，所以她的立场是只要对自己无害，别人要怎么做都好。这也是我跟她待在一起不会感到痛苦的原因。

"算了，绫小路同学你的个人想法也与我无关，想做什么都是你的自由。另外，我并不讨厌你认为跟那两人相处很棘手的态度。"

"这单纯是因为你讨厌他们吧。"

"拥有共同的敌人，也就代表着彼此能够互相帮助。"

"不，我虽然觉得棘手，可并不讨厌他们。我希望你别将其混为一谈。"

而且我非常希望跟栉田或平田关系更近一步。

"哪种说法都差不多。"我的意思被堀北放大解读。

我含糊其词之后，便走到了走廊尽头，把天花板到墙角都彻底看了一遍。

堀北忽然像是察觉到什么似的开始环顾四周，接着陷入沉思。

"这里没有呢，真可惜。"

"咦？没有什么？"

"教室里有的那种监视器。要是有监视器的话，就能得到确凿的证据了。可是在这栋特别教学大楼的走廊上却找不到。"

"这样啊，监视器吗？确实只要有这种东西的话，就能一下子解决了呢。"

天花板附近虽然设置了插座，但是并没有被人使用过的迹象。

走廊没有任何遮蔽物，所以如果那个位置有监视器的话，就很可能会留下完整的纪录。

"说起来学校走廊并没有装设监视器对吧？"

即使不是特别教学大楼，教室前的走廊应该也都没有监视器。

"若要说其他没装设的地方，也只有厕所和更衣室了吧？"

"是啊，剩下的地方大多都安装了。"

"事到如今这也没什么好遗憾的呢。要是有监视器的话，校方一开始就不会将这次事件视为问题了。"

堀北像是对瞬间产生期待的自己感到羞愧而摇了摇头。

我们徘徊了一会儿，不过毫无收获，白白浪费了时间。

"所以，你想出拯救须藤的对策了吗？"

"我怎么可能想得到，想出对策是你的职责。我不会叫你去救须藤，但我希望你可以协助 D 班往好的方向发展。"

堀北吃惊地耸耸肩，觉得我只是换了套说法吧。不过，既然堀北替我们找出了佐仓这名目击者，那她应该不是不想帮忙。

"你是说想利用我？难道你是为此才把我带来这

里的？"

"目击者是佐仓，所以情势说不定反而会恶化。事先调查是否有对策会比较好吧。"

堀北也正是因为明白这点，才会把佐仓的事告诉栉田他们吧。她如果坚决不想讲，即使我们问她她也不会回答。

虽然她本人还是看起来满不在乎，或者应该说是超然地不表现出自己的想法。

"我对须藤同学本身有诸多不满，不过我还是希望能减轻他被判决的责任比例。若能留下点数的话就再好不过了，让 D 班形象变差也很吃亏。"

通常我们会说出像是"你还真是不坦率"这种话，这家伙刚刚说的想必是发自内心的吧。

这不是什么坏事。只不过，人因为不擅长忍受孤独，所以才会做出拯救或者帮助他人的伪善行为，群聚依偎取暖。可是我在堀北身上却看不见这点。

她与栉田他们决定性的不同，就在于她完全放弃证明须藤的无罪。

"我刚才也说过，只要奇迹般的目击者没出现，就不可能证明须藤同学是被冤枉的。如果 C 班学生们愿意承认自己撒谎也可以，不过这有可能吗？"

"不可能。特别是 C 班，他们绝不会承认这是谎言。"

　　正因为确信我们没证据，所以对方才会一口咬定须藤先动的手。

　　我们甚至除了须藤的话之外，就没有能够相信的其他东西了。真相还埋藏于黑暗之中。

　　"这里放学后都没有人欸。"

　　"这栋特别教学大楼就连社团活动都不会使用，必然会这样。"

　　须藤或C班学生其中一方把对方叫到这栋大楼。然后，积怨颇深的双方忽然爆发了冲突。结果，须藤因为打伤对方而遭到控诉。这就是这次事件的概要。

　　只要没被叫来，不会有人特地跑来这种炎热的地方。

　　闷热得让人喘不过气来。要是在此再多停留个几分钟，脑袋估计都要出问题了。

　　"堀北，难道你不觉得这里很热吗？"

　　当酷暑毫不留情地侵蚀着我的身体时，堀北则一脸若无其事地环视周围。

　　"我比较耐热，所以没问题。绫小路同学，你……看起来不像没问题呢。"

　　我的脑袋因为炙热的温度而开始变得有点迷迷糊糊。我为了获得新鲜凉爽的空气而靠近窗边，接着像在寻求救助般打开窗户……随即又以非比寻常的速度关上了它。

“好险。”

外面的热风在窗户开启的瞬间涌了进来。要是一直开着窗那就更惨了。

想到接下来八月还会变得更热，就觉得很郁闷。

不过，今天来到这里也算是有所收获。看来这并不是不可能的……

“你刚才在想什么？”

“不，没什么。真的好热……我实在快不行了。”

现在似乎也没有能做的事情，于是我们两人便开始折返。

“啊！”

“噢！”

正当我想从走廊转弯时，撞上了同样也要转弯过来的学生。

“抱歉，没事吧？”

由于撞击力道没那么强，我们彼此都没有跌倒。

“我没事。不好意思，是我太不小心了。”

“我才该说抱歉。咦，是佐仓啊。”

我跟刚才不小心撞到的女学生道完歉，结果发现自己认识这个人。

“啊，呃……”

与其说不知该如何反应，不如说她似乎不认识我。

不过几秒钟过后，她重新看了看我的脸，好像才想起来我是她的同班同学。对方若不仔细端详就无法知道我是谁，真是令我感到空虚。

佐仓的手上握着手机。

"啊，呃……我的兴趣是拍照，所以……"

她把手机画面拿近给我看并解释道。虽然我并没打算问得这么细。

因为即使她边走边玩手机，也不是什么稀奇的事。

原本应该已经离校的佐仓，居然会来特别教学大楼？这让我不禁去猜测各种事情。

"兴趣？那你都拍些什么啊？"

"像是走廊……或者窗外的风景，等等。"

佐仓简单说明完，便察觉到站在我身旁的堀北，接着将目光往下移。

"啊，呃……"

"我能问你一些事情吗，佐仓同学？"

佐仓在此处现身的不自然之处，堀北没有放过，并且往前走了一步。

佐仓害怕往后退。我轻轻用手制止堀北，以手势告诉她别再追问佐仓。

"再……再见！"

"佐仓。"我对佐仓那急忙想逃走的背影如此说道，"你不用勉强自己。"

我是可以不必开口，但还是忍不住说了出来。

佐仓虽然停下了脚步，可是没打算回过头来。

"即使佐仓你是目击者，也没有义务要站出来。再说，勉强让你作证也没有任何意义。假如你遭到了某个恐怖的家伙强行逼迫，那就来找我商量吧。我不知能帮上多少忙，但会助你一臂之力的。"

"你是指我吗？"

我无视了恶鬼的存在。现在还是先让佐仓逃走吧。

"我什么也没看见。你们弄错人了……"

佐仓始终都说自己并非目击者。因为现阶段这只是堀北的独断见解，目击者实际上不是她的可能性也相当大，佐仓如果自己都这么说的话，那应该就是如此吧。

"如果是这样就好。只不过，要是有谁逼迫你作证的话，就来告诉我。"

佐仓轻声回应之后就走下了楼梯。

"这说不定是个千载难逢的机会哦？而且她是在意事件的发展，才会来到这里吧。"

"她本人并没有承认，所以即使强迫她，不是也没办法吗？何况堀北你也很清楚吧。D班目击者的证词并没有什么说服力。"

"嗯，也是呢。"

佐仓是依照自己的想法在行动。即使我们还不知道她的想法究竟为何。因此目前这种局面我们不能向她追问。

"哎，你们在这里做什么呀？"

我因为突如其来的声音而回过头，结果发现了一名金发美少女正面对着我们站着。

我对这张面孔有印象。虽然我们没有直接交谈过，但我知道她是 B 班的学生，叫作一之濑。传闻中说她是个相当优秀的学生。

"对不起呀，忽然叫住你们。能耽误你们一些时间吗？你们要是正在进行酸甜的约会，那我就马上离开。"

"没这回事。"

堀北立刻否定，她只有这种时候反应特别快。

"哈哈，说得也是呢。作为约会地点来说，这里有点太热了。"

我跟一之濑之间应该没什么交集。证据就是她不知道我的名字。在对方看来我只是无数学生中的其中一人。

也许她是堀北认识的人或者朋友……不可能。这不可能。

她们两个要是忽然说出"讨厌，好久不见！你过得还好吗？""嗯，我很好我很好。"之类的言语，然后抱在一起的话，我肯定会当场口吐白沫昏倒过去。

"你找我们有什么事？"

这种事当然不可能。堀北对突然出现的一之濑表现出警戒，她应该不觉得在这种场合被人搭话是事出偶然。

"与其说是有什么事……倒不如说，我只是想知道你们在这里做什么。"

"没什么，我们只是不知不觉晃来这里而已。"

其实老实回答也没关系，不过我的隔壁邻居以眼神向我施压，于是我便把话敷衍带过。

"不知不觉吗？你们是 D 班的学生对吧？"

"你知道啊？"

"我之前大约见过你两次呢，虽然没有直接说过话。那边的女生，我记得也曾在图书馆里见过一次呢。"

看来她似乎记住了像我这样子的隐藏于暗处之人（听起来有点帅）。

"因为我的记性很好。"

意思就是她对我是只要记性不好就不会记得的程度吗？

我这份有点开心的心情，被无法预料的强风吹得烟消云散。

"我还以为你们在这里铁定是跟打架骚动有所关联呢。你们昨天好像在我不在的时间点前来 B 班打听目击者的消息呢。我事后听说你们打算证明 D 班学生是被冤枉的。"

"假如我们是在进行那件事情的相关调查，这又跟你有什么关系？"

"嗯，是……没什么关系啦。不过，因为我听了大概之后觉得有些疑问，所以才想来现场看一下状况。如果可以的话，你们能告诉我事情的经过吗？"

把她当成单纯对这件事感兴趣的人应该没关系吧。

我们沉默不语，一之濑则尴尬似的说道：

"对其他班的事情感兴趣不行吗？"

"不，没这种事……"

"我只觉得这另有隐情呢。"

我想和平处理的这份想法，被堀北断然的一句话一刀斩断。

一之濑理解堀北的话中含义，便歪着头露出微笑。

"你说隐情？是指像暗中策划妨碍 C 班或 D 班的这种事吗？"

一之濑露出像是"真是遗憾呀"的表情。

"你也用不着提防成这样不是吗？而且我真的只是感兴趣。"

"我不打算满足别人的好奇心呢，所以随你的便。"

堀北跟我们保持了一段距离，就开始注视窗外。

"告诉我嘛。我从老师和朋友那里都只听说是有人打架呢。"

虽然我有点犹豫，不过反正就算我不讲，她也会从别的地方知道。我这么一想于是就跟她说明了。我告诉她 C 班的三个人被须藤叫出来打的这件事，其实并非如此，事实是对方把须藤叫出来还先动了手。须藤把他们击退，结果对方就去向学校诬告须藤。一之濑从头到尾都以认真的模样专心聆听。

"竟然会有这种事……所以你们才来 B 班呀。原来如此原来如此……欸，这问题不是非常严重吗？这代表暴力事件中有人说谎，对吧？如果不弄清楚真相不是很糟糕吗？"

"所以我们才来现场进行调查，虽然并没有任何发现。"

这也不是杀人事件现场，我没想过能够获得明显的线索。不过这与我的预期相反，也算是有所收获。

"他是不是叫作须藤？你们身为同班同学因此相信他对吧。你们是朋友吧？对 D 班而言，这次的骚动是冤罪事件呢。"

即使我们是以同学、朋友的这种身份而相信他，一之濑这种局外人想必也不会轻易认同吧。这也无须多做说明。

"若须藤同学说了谎你们要怎么办？假设别说是冤枉，反而还出现罪证确凿的证据。"

"我会要他老实地自首呢。因为这个谎言一定会关系到班级的未来。"

"嗯，也是呢。我也这么想。"

即使一之濑知道了这种事，对她来说好像也没有任何用处。

"已经够了吧？你想知道的消息，也都知道了。"

堀北似乎想要尽早赶走她，便故意在话里交杂着叹息。

"或许……我也可以来帮忙，像是寻找目击者之类的事，人手越多效率越高对吧？"

人手当然是越多越好。这种事我们知道。然而，我也不能说出像是"这样啊。听好喽，这可是件苦差事哦"这种话让她听。

"为什么 B 班学生要来帮我们忙呢？"

"这应该无关乎 B 班还是 D 班吧？这种事件也不知何时会发生在谁身上。正因为这所学校让班级之间互相竞争，所以生活随时都蕴藏着纠纷的危险。这回看来就是首次发生的事件。要是说谎的一方获胜，那就是个大问题了。另外，既然我都知道了，我个人也无法坐视不理。"

一时间令人难以判断一之濑究竟是认真还是开玩笑的。

"我们 B 班要是有谁可以帮忙出来当证人，不是也会大幅提高可信度吗？只是反之亦然，在追寻真相的过程当中，说不定 D 班也会受到危害……"

换句话说，也就是须藤说谎，C 班的主张才是正确的情况。这样的话，不仅须藤会被停学，就连 D 班都有可能受到致命的伤害。

"怎么样呢？虽然我不觉得这是个坏主意。"

我观察了一下堀北的模样。不过，堀北还是背对着我们，一动也不动地凝视着窗外。关于一之濑提出的合作建议，我们该怎么做呢？

会烦恼当然是因为觉得这会有好处。实际上，即使只有 D 班为了证明须藤无罪而行动，只要我们拿不出足以百分之百断定这就是冤罪的证据，可信度就会变得很低。

身为局外人的 B 班在这个阶段加入、涉及这次事件，想必会有相当大的意义。

"你们或许觉得这是伪善，但我并不认为自己背负着这么沉重的事情呢。"

关于这个提议，虽然这样很没礼貌，但我想好好地衡量一下。我当然还无法完全信任这名叫作一之濑的少女。因为她是 B 班的学生，照理说参与这件事是得不到任何好处的。或许重复做出这种带有善意的行为，将会关系到班级或个人点数。如果这么解释的话就能理解了。而她不轻易说出这件事，也是因为理解这在晋升上是个重要的资讯或可能性吧……不过我也不能直接向她确认。

"我们请她帮忙吧，绫小路同学。"

率先做出决定的人是堀北。这代表比起风险，她选择了好处。

我由衷感谢堀北迅速做出了决定。

我本来就没什么决定权，因为做决定是堀北的职责。

一之濑得到堀北的同意后，便露出洁白的牙齿。

"那就这么决定喽。呃……"

"我叫堀北。"

堀北似乎认可了合作关系，因此坦率地自报姓名。

"请多指教，堀北同学。还有你叫绫小路同学对吧？也请你多多指教喽。"

我们以意想不到的形式与一之濑相识，开始合作。不过是凶是吉也只能顺其自然。无论如何发展，这都绝对会是带来变化的关键因素。

"另外关于目击者，我们已经找到了。不过遗憾的是目击者是 D 班的学生。"

"哎呀！"一之濑抱着头遗憾地如此叹气。

"嗯，不过你们看，就算是这样，她是目击者的事实也是无可取代的。而且也不能断言没有其他目击者对吧？即使可能性很低。"

虽然这种概率薄如一张纸，不过确实也有可能性。

"话说回来，你的朋友说不定一年级就会当上正式球员对吧？这不是很厉害吗？现在他或许会扯你们的后腿，但日后说不定会变成你们班的资产呢。校方不是也会对社团活动或慈善活动等给予正评吗？只要参加大会并表现亮眼的话，须藤同学也会被发放点数。而且这也会关系到班级点数上呢。呃……你们难道不知道吗？老师没有告诉你们？"

老师只告诉我们会对个人点数有影响。

"我还是第一次听说这也会对班级点数产生影响呢……我之后会向茶柱老师表示抗议。"

堀北有点不服似的嘟哝道。

看来茶柱老师在消息传达上又有疏漏了。B班已经从老师那里得知消息了吗……

老师一如既往地连表面上的平等都不肯给予，我感受到了严重的差别待遇。

"你们的班主任好像有点奇怪呢。"

"不如说她原本就没有干劲，她似乎对学生并不感兴趣。"

虽然我认为这不需要特别放在心上，不过一之濑好像很在意。

"这所学校将会在毕业时以班级来决定老师的评价。你们知道这件事吗？"

"我是第一次听说呢。这是真的吗？"

与其说堀北表现得很感兴趣，倒不如说，是她不得不对其感兴趣。这是件非常重要的事。

"我们班的星之宫老师呀，老是把这件事当作口头禅呢。她说只要能当上 A 班的班主任就会有特别奖金，所以想要加油。待遇相当不同呢。"

"我还真是羡慕你们班的班主任呢。"

我们这边的老师好像对钱也没兴趣，完全让人感受不到她的上进心。

不如说，她甚至觉得班级要烂就烂到底。

"你们或许跟老师好好谈一下会比较好呢。"

"真没想到会被敌人雪中送炭。"

"该怎么说呢？这是彼此开始竞争之前的问题吧？或者应该说，这样我们就不对等了吧？"

看来我们已经落魄到被其他班同情的地步。

光是这点就能知道茶柱老师对自己的学生是多么没有热忱。

"即使只有班主任也好，我还真想跟 B 班交换呢。"

"不，我想这么做好像也有点问题。"

我回想起曾有过一面之缘的星之宫老师。就算换成那名老师，我们好像也会很辛苦。

"话说回来这里还真热呀。"

额头开始冒出薄薄汗水的一之濑，拿出上面画有熊猫图案的可爱手帕。厚制服只会让人觉得越来越热。

"没人的教学楼也一天到晚开着冷气……你应该也不喜欢那种对地球不环保的学校吧。"

"哈哈哈，或许确实如此。你说的话还真有趣欸。"

我并没有打算搞笑，但一之濑却笑了。

"你们刚刚对话中的笑点在哪里……"

"为了让事情顺利进行，可以给我你们两人的联络方式吗？"

堀北用视线向我下达了指令。她的意思是我拒绝，所以麻烦你了。

"可以的话让我来吧。你联络我们时，我会负责应对。"

"嗯，我知道了。"

我交换完联络方式突然想到，我手机里女生的联络方式还真是意外地多呢。

七月初，我的通讯录中就已经有七个人（三个女生）的名字与电话了。

或许……我在不知不觉间正讴歌着青春的美好。

这是题外话。一之濑的名字叫作帆波。

5

根据邮件内容，一之濑似乎明天开始要跟值得信任的伙伴研拟作战并付诸行动。她问我是不是每次都要先征求我们的同意比较好，但是我决定全权交给对方处理。我方没什么事情是必须特别限制的。我和堀北回到宿舍。准备分开时，她好像还有事想对我说，于是就跟到了我的房间。

"打扰了。"

明明谁也不在，堀北却特地说出这句话再进到我的房间。

为什么即使对象是堀北，只不过是两人共处一室就会让我有点紧张呢？

"啊，我先确认一下。你也有我房间的备用钥匙吗？"

"你房间的？我记得池同学他们以前曾经想拿给我呢。不过被我拒绝了。"

真不愧是堀北，看来只有你是拥有着健全常识的人。

"因为我不常拜访绫小路同学你的房间。应该说拜访你房间这件事情本身就是个耻辱吗？或者该说是一种污点。你懂吧？"

她会这样回应也都在我的预料之内，我才没有受伤呢。

我才没有觉得这是比我想象中还要狠毒的话。

"你为什么要用手指对着墙壁写字呢？"

"大概是为了隐藏心中的动摇吧。"

本人没有恶意才是最恐怖的地方。

如果我反问回去，她一定会回复"我只是陈述事实而已"这种话。

"有关须藤同学，我想再次听听绫小路同学你是怎么想的。另外，我也有点在意栉田同学他们会如何行动。"

"既然你这么在意的话，一开始加入我们不就好了吗？"

"这我可做不到呢，因为我并不认同须藤同学。我只是为了班级才无可奈何地想办法。如果要说得更直接一点，我甚至认为放弃他也无所谓。"

"你不是在期中考的时候对须藤伸出了援手吗？"

"这是两码事。这次事件即使能奇迹般获判无罪，但你认为他会有所成长吗？帮助他恐怕还会造成反效果。"

你知道我想说什么吧？堀北以挑衅般的眼神如此诉说。

"你的意思是放弃无罪的判决，并受到某种程度的惩罚，会对须藤比较好？"

她虽然摆出好像有点不满的表情，不过似乎表示认同。

"看来你从一开始就知道很难洗清冤屈，也知道这是须藤同学自身缺点招致的事件，对吧？若不是这样，你就不会有受处罚反而会更好的这种想法。讨厌他的人除外。"

堀北无论如何都想让我告诉她我跟她达成共识了。

她为了不让我逃避，以巧妙的说话方式将我团团围住。我就算在这里硬是否定，这家伙也只会继续追击吧。

"嗯，只要想想，不论是谁都可以了解吧？"

"是吗？栉田同学或者池同学他们不就完全没察觉到吗？他们只相信须藤同学的申诉，而且也只想为了他、为了班级而从谎言中救出他。为什么会发生这次事件而且情势还会如此紧张？根本的起因，他们完全不懂。"

这些话无情到让人不觉得是针对同甘共苦的同学所说出来的。

"至少栉田是在理解这件事之后才打算救须藤的哦。"

"理解之后？这是她自己察觉到的吗？"

"咦？不，这个嘛……"

"是你说的对吧？"

我受到盘问似的遭到她言语上的步步逼近。

"你曾动了像是拿真题，或者想到要使用点数买分等各种歪脑筋，所以我也不是很惊讶……但我还真是不服气呢。"

抱有"我总有一天会拿出实力"之精神生存的人，当然会多少学着要点小聪明。

"还请您千万别抬举我。"

堀北似乎一开始就没这种打算，因而失笑。不过她不小心露出的那张笑脸马上就消失了。

"老实说你是个未知数，浑身散发出不确定的因素，在班上也是个令人难以捉摸的人物。八面玲珑、无所作为、断梗飘萍……这都是些看似恰当但不贴切的比喻。"

"不论哪种比喻都有点微妙。这类话可不是用来称赞别人的哦……"

明明有更好的形容。此时，堀北用狐疑的眼神瞪了过来。

"你的这部分也能说是'深藏不露'呢。你呀，真是个令人恶心的存在。"

原来如此。一般人对她刚才列举的成语应该连意思都不知道。

看来我已经彻底咬上了堀北撒下的饵。失策。

"不管怎样，说我是恶心的人也太过分了吧。高圆寺才是个相当难预料的存在吧。"

他毫无疑问是个非比寻常的人物。若说我的恶心程度甚至还胜于他的话，就真的太伤人了。

"他其实意外地好懂。读书、运动成绩都很优秀，只是个性有问题而已。即使是这点问题，最终也都能用'唯我独尊'这个成语来解释呢。"

这说明实在很浅显易懂。高圆寺的人生态度本身确实相当单纯。

"你或许很适合当老师。"

她若就这么长大成人……似乎就会成为茶柱老师那种类型的老师。

6

这所学校的校区内一共建了四栋宿舍。其中三栋是学生宿舍，而一到三年级分别在不同的宿舍楼中生活。也就是说，我们今年使用的宿舍楼，是去年的三年级学生在三年期间所使用的建筑。剩下的那一栋，则是老师们以及在购物中心等地方工作的员工所居住的宿舍。

我想说的就是，既然一年级全体学生都生活在同一栋宿舍，就必然会遇见其他班的学生，或者与其建立起关系。

迄今不曾映入眼帘的陌生人，我也都自然会去特别留意。

"谢谢您，还请您多多指教。"

少女向宿舍管理员致谢并迈出步伐。她注意到我的存在之后，便向我打了招呼。

"哈啰，绫小路同学，早安。你起得真早呢。"

少女有着一头漂亮的大波浪长卷发，以及圆滚滚的大眼睛。她那直挺的体态与其坦荡的性格非常相称。在觉得她可爱或漂亮之前，我就先被她的帅气模样给吸引住了。她就是一年B班的一之濑帆波。

"今天起得比较早。你在跟管理员说什么啊？"

"我们班有几个人提出宿舍的请愿之类的意见。我刚刚正在把整好的意见交给管理人员。其中有用水设施或者噪声等等的意见。"

"为什么一之濑你要特地做这种事情啊？"

房间的问题一般都是各自自行处理。一之濑特地汇整大家的意见，又是基于什么理由呢？

"早安，一之濑班长！"

搭电梯下来的两名女学生向一之濑打招呼。一之濑也回应了她们。

"班长？她们为什么叫你班长？"

这个字眼在这里不常听到。这所学校应该没有班长这个职务才对。

她看起来感觉也不像是书呆子。

"因为我是班级委员。"

"班级委员……该不会除了D班之外的班级都有吧？"

我还是第一次听说。如果是一般情况的话，我应该会很惊讶。可假如是我们的班主任，她则很可能不替这件事做决定并且置之不理。

"这是B班自作主张设立的哟。如果决定好职责分配，之后在各方面不是都会比较轻松吗？"

我了解她想说什么。可是即使如此，我们班也不会自己选出班级委员。

"除了班级委员之外，你们该不会还有其他职位吧？"

"算是吧。虽然能否发挥作用是另一个问题，但形式上都已经决定了哟。有副班长以及书记。而且在文化祭或运动会的时候，也会比较方便。也可以到时候再决定啦，但要是产生纠纷的话会很麻烦。"

之前在图书馆看到一之濑的时候，她就率领了数名男女在举办读书会。

说不定从那时开始，她就已经在发挥着类似班长的作用。

通常大部分的人都不会想当什么班长。因为不只会被迫处理麻烦事，校方要商讨事情时，也必须出席。

然而，B班有一之濑率先担任班长后想必在决定职责时应该进行得很顺畅，不会互相推诿。

"B班好像很团结一致欸。"

我坦率地这么认为，但回过神来就发现自己说出了口。

"我并没有特别在意这件事，大家只是很开心地在做事。而且我们班也有不少会惹是生非的人呢，所以辛苦的事情也有很多。"

虽然一之濑说辛苦的事情也有很多，可是她却很开心地笑着。我们聊着天，顺便一起并肩走去学校。

"你平常是不是都比较晚呀？话说回来我没在这个时间见过你呢。"

一之濑抛来一个很普通、很安全的问题。

我正打算向她抛出类似的问题，感觉心里有点暖暖的。原来像一之濑这种人也会从这种普通话题开始与人构筑关系啊。

"因为早去也没事做，我大概都会在房间多待个二十分钟。"

"这样的话会很赶呢。"

我和一之濑越接近学校，学生数量也变得越来越多。

很不可思议的是，女生们接连投来羡慕的眼神。每个人人生中都会有三次桃花期，难道它已经来临了？我连一次都还没碰到，所以这时候也差不多该来了吧。

"早安，一之濑！"

"早安，一之濑同学！"

独占女生视线与呼声的人，是走在我身旁的一之濑。

"你真是个大红人欸。"

"因为我在当班长，所以比其他女生引人注目吧。"

一之濑似乎并非谦虚，而是真心如此认为。

"啊，对了。绫小路同学，你听说过暑假的事情吗？"

"暑假？呃……暑假不就是暑假吗？"

"我听说暑假要去南方岛屿度假。"

这么说起来……我的脑海中闪过某件事情。

虽然我忘记是何时，但是我记得茶柱老师曾经提过"度假"这个字眼。

"我原本不相信，不过真的有度假这回事吗？"

这又不是修学旅行……我环视周围，认真想了想。

这所学校即使说是奢华至极也不为过。暑假去南方岛屿度假，寒假说不定甚至还会去温泉旅行。

真的非常可疑。我不认为这所学校有这么友善。这不禁令我怀疑是否有什么隐情。一之濑是怎么想的呢？

我还没直接问，一之濑就露出了苦笑，也对此感到怀疑。

"果然很可疑对吧？我认为暑假会是一个转折点哟。"

"你的意思是说暑假期间班级点数可能会有大幅的变动？"

"对对对。它应该会是比期中考试或期末考试还更具影响力的课题吧？否则我们很难填补与A班之间的差距。而且我们现在也正在逐渐被拉开距离呢。"

确实如此。即使现在有什么大型活动应该也不奇怪……

"你们现在跟A班的差距是多少啊？"

"我们班是六百六十多点，所以已经被拉开将近三百五十点了呢。"

刚开学点数当然会下降，但他们却已经止住了下滑。非常厉害。

"除了期中考试之外没有增加班级点数的方法，所以不管怎样我们都无法避免点数慢慢下降呢。但A班刚开始也是这样。"

即使如此，A班通过这次期中考试还让点数提升了。

"你还真是不紧张啊。"

"我很在意哟！不过我觉得接下来才是反击的机会。我已经做好了心理准备。"

着眼未来而非现在，这种想法一定是正确的。

然而，这种事情只有在某种程度上切实打好稳固基础的班级才办得到。

我们班这个月顶多八十七点，根本无法跟其他班竞争。

"一切就取决于那个活动中会有多少变动呢。"

想必不会只有十点或者二十点吧。

不过，也很难想象会有五百、一千点之类的数字变动。

"这对我们班来说反而是个危机。差距要是再这么扩大下去就很难追回来了。"

"我们彼此都必须努力了呢。"

话虽如此，但要去努力的人不会是我，而是堀北、平田，以及栉田他们。

"反正不管怎样，感觉这都不会是什么好事。"

虽然我不想从现在就开始抱怨，但麻烦事似乎就在未来等着我。

"假如真的要到南方岛屿度假，好像也非常有趣呢。"

"谁知道呢……"

"咦？你不开心吗？"

只有与朋友之间感情深厚的人，才会有这种能够尽情享受假期的想法。

要是没有特别亲近的人，就没什么是比旅行还更令人难受的了。

如果是团体行动的话就更糟了，我光是想象就觉得想吐。

"你该不会讨厌旅行吧？"

"并……不讨厌吧……"

尽管絮絮叨叨说了这些，但这也全是我的想象。我根本就没跟朋友出去旅行过。

说到旅行，我幼时曾与双亲去过纽约，但也仅有那次。当时我一点都不开心，痛苦的回忆闪过脑海，令我疲惫不已。

"怎么了呀？"

"我只是回想起了自己的心灵创伤。"

我的干笑声虚无缥缈地回荡在炽热的林荫大道。

不行不行。要是散发负能量的话也会对一之濑造成困扰。

然而，我无须操心，一之濑毫不在意地说道：

"还有呀，我有件事情很疑惑，你能听我说吗？"

即使形式上与椥田不同，但我认为一之濑也是个耀眼的存在。

不知道该说她无论何时都很纯真，还是该说她总是按照着自己的想法在行动。

就连跟我这种人说话时，她都有种全力以赴的感觉。

"我们一开始不是分成四个班级吗？那真的是依照实力排序的吗？"

"目前可以知道它并不等于开学考试的结果。因为光论成绩，我们班也有几个人排名靠前。"

堀北、高圆寺、幸村，这三人的笔试成绩在整个年级中无疑排名很靠前。

"应该是依照综合能力之类的吧？"

我随口答道。我也曾经思考过好几次，可是都没能得出答案。

"我呀，刚开始也认为或许如此。像是只会读书但不擅运动，或者很会运动但不擅读书这种。不过，若是按照综合能力来判断，那么对差班岂不是压倒性的不利吗？"

"这不就是竞争社会吗？我不觉得这是什么特别奇怪的事欸。"

一之濑无法认同，她双手抱胸低吟道。

"如果是个人战的话，确实是如此，但这可是以班级为单位哟。要是把优秀者都聚集到 A 班，那其他班不就几乎没有胜算了吗？"

不就正因为如此，目前班级点数才会有这么大的差距吗？

一之濑的想法与我不同，她接着说："虽然现阶段A班到D班有差距是事实，应该也隐藏着某种足以填补差距的事物吧？"

"这件事情你有根据吗？"

"哈哈哈，怎么可能有。我只是隐约这么觉得而已。不是这样的话就太残酷了，D班也有擅长读书、擅长运动的学生。这也就是说可以研拟各种对策。"

这个部分确实与一般制度有着很大的差异。

如果光凭学习成绩分班的话，那我们不管再怎么挣扎，也无法在这点上面赢过其他班级。

班级中聚集着各领域的专家是个很重要的要素。

"这种事不告诉别人不是比较好吗？"

我开始觉得有点担心，于是便如此劝告一之濑。

"嗯？你指什么？"

"像是刚才那种想法。堀北也说过，这可是向敌人雪中送炭的行为哦。"

我也很可能因提示将其活用。

"但我不这么觉得欸。通过交换意见所获得的东西也很多，而且因为现在我们是合作关系，所以完全没问题。"

B班还真是从容不迫啊……不，这只是一之濑的性格特征。我好像了解了她的个性及想法。总之这家伙是个好人，表里如一。

"我的头脑可没好到能够交换意见哦。这点我也只能跟你说抱歉了。"

"这是我自己擅自要这么想、这么说出口的，所以你别介意。要是你认为这是能够活用的情报，那就尽管拿去用也没关系。"

"啊！"一之濑似乎想起了什么事情，突然停下脚步。

我心想她怎么了，一看她的侧脸，便发现她以认真的眼神往我看来。

"仅仅是……为了当作参考，我有事想问你，可以吗？"

一之濑认真的表情，让我的身体不禁紧张得有点僵硬。

"如果是我能回答的，我就会回答。"

我的头脑里灌满了一亿本书的知识量，几乎没有什么我回答不了的问题（大谎言）。

"你被女孩子告白过吗？"

咦……这件事没写在我读过的那一亿本书里头欸……

"我应该是那种……直到现在都没被女生告白过的男生吧。"

在人类繁荣生活的背后，孤独至死的人也是不计其数。

"不是啦不是啦。抱歉，没什么事。"

她的表情看起来不像是没事。只是，与其说这是在瞧不起我，倒不如说她就像是烦恼中的少女。

"你该不会被告白了吧?"

"咦? 啊……嗯，差不多就是这样。"

看来除了平田、轻井泽这对情侣之外，校园里每天都充满着许多为了与喜欢的人交往而行动的学生们。

"如果可以的话，放学后能耽搁你一些时间吗? 关于告白的事情我有些问题想找你商量。虽然我非常明白你因为须藤的事件很忙碌。"

"可以啊，而且我也没有什么特别要做的事。"

"没有要做的事?"

"我认为这次事件寻找证据或目击者并没有什么意义，花时间也只是徒劳而已。"

"但你却特地去了事件现场对吧?"

"那是为了其他目的。反正这件事没什么问题。"

"谢谢你。"

不过一之濑的告白与我有什么关系呢?

她该不会想用"这是我男朋友"的老套谎言来搪塞对方吧? 但假如真是如此，她应该也会找个更有出息的帅哥吧。

"放学后……我在玄关等你哟。"

"好……好的。"

即使我很清楚这绝对不可能，可是被她这么一说，我还是有点期待。这应该就是男人的天性吧。

7

学校门口挤满了放学人潮。

我在来到这里之前还有点苦恼该如何与一之濑会合，但这个烦恼马上就解决了。即使学生这么多，她也非常显眼。

可爱或许也是理由之一，不过她还拥有一种支配全场般的存在感。

老实说，我不知道该如何形容她。我只隐约感受到她那既温柔又坚强可靠的内心，而且我也看得出来一年级学生们对她的认识度之高。

一之濑也许与栉田属于同个等级，或者凌驾其上。她在男女生之中，都有着极高的人气，因此不停地有人向她打招呼。结果我不断错过时机，浪费了大约五分钟。

"啊！绫小路同学，这边这边。"

最后是一之濑注意到我，向我打招呼。

"嗨。"我微微举起手如此回应。假装自己刚到并与她会合。

"那么接下来我该怎么做才好？"

"我打算尽快了结这件事，跟我过来。"

我穿上鞋，一之濑就这样领着我前往学校后方。

不久我们便抵达体育馆后面，这个被公认为最适合表白的场所。

"那么……"

一之濑调整呼吸后，便迅速转过身来。一之濑该不会是要对我……

"告白……"

不，这怎么可能。

"我好像会在这里被人告白。"

"咦？"

一之濑这么说完，便拿出一封信给我看。这是封贴着可爱心形贴纸的情书。经过她的允许，我冒昧地拜读了内容。信中的字迹与信封风格并无不同，相当漂亮。或者应该说，上面完全是不像是男孩子会写的可爱字迹。

内容写着"我从开学以来就很在意你""我最近察觉了自己的心意"等两件事。

信中以"星期五下午四点，我想跟你在体育馆后面见面"结尾。时间只剩下十分钟了。

"这件事我不在场应该会比较好吧？"

"我对恋爱不是很了解……我不知道该如何应对才不会伤害到对方，而且也不知道能不能继续当好朋友……所以我才希望你能帮忙。"

"我想这件事你不能拜托像我这种没有被表白经验的人……如果是 B 班，能拜托的人应该很多吧？"

"因为向我告白的人……就是 B 班的呢。"

原来是这么回事啊，我好像可以理解为何她要带我过来了。

"我想尽可能地对今天所发生的事情保密。要是不这么做，之后会变得很尴尬。而且如果是你的话，也不会去到处宣扬。"

"不过一之濑你应该很习惯被人告白吧？"

"咦！不，完全没有，真的完全没有。我从来没被人告过白。"

假如我没被叫来这里当帮手，是绝对不会相信的。

"所以我真的不懂为什么会这样。"

还不都是因为一之濑你很可爱，所以这也没办法。再说，看到早上到现在一之濑对其他学生的态度，她的个性也很不错。

"所以……能不能请你假装成我的男朋友呢？"

天呐，还真来这么老套的吗……

"我进行了各种调查，发现‘有正在交往的对象’这种理由最不会伤害到对方……"

"我了解你不想伤害对方的心情，但事后谎言被揭穿的时候，可是会更伤人哦！"

"就说我们马上分手了，也可以当作是你把我给甩了。"

并不是这种问题……

"你们一对一彼此谈谈，绝对会比较好哦。要坦白地讲清楚。"

"可是……啊！"

一之濑似乎发现了什么，有些僵硬地举起了手。

看来告白者比想象中还要早到，对方究竟是个怎样的视觉系男子呢？

我瞻仰对方的尊容后，发现是个面貌很男孩子气的女装男子，而且他还细心到连裙子都穿了。

不不不，怎么看她都是个女孩子。

虽然看了那封情书，我如此猜想过，但没想到对方还真的是个女孩子。

这种情况与男生向男生表白不同，她们成功交往似乎也不错。我会有如此想法，想必是因为我是男人吧。

"一之濑同学……这个人是谁？"

现身在告白场所的女孩对于陌生的男生表示警戒。

"他是 D 班的绫小路同学。对不起呀，千寻。把你不认识的人给带了过来。"

"难道说他是一之濑同学的男朋友……吗？"

"啊……呃……"

我觉得一之濑大概打算回答"是呀"。然而，自己说谎所带来的愧疚感、罪恶感，把这句话吞了下去。

"为什么……绫小路同学……会在这里呢？"

这名叫作千寻的女孩，对于意料之外的状况感到混乱，眼眶泛泪。

他是你男朋友吗？如果不是男朋友，那为什么会在这里？她无法理解现在的状况。

一之濑看见这种情况，更加手足无措，不知如何是好。

我一直以为她是个靠得住的女孩，不过意外地发现她也有弱点。

"不好意思，能不能先请你离开一下呢？因为接下来我有重要的事情要对一之濑同学说。"

"哇，等一下，千寻。呃……其实绫小路同学他是……"

看来一之濑似乎打算抢先一步拒绝她。

她应该觉得对方如果直接说出"我喜欢你"这句话，再拒绝的话应该会很麻烦吧。

"是什么呢？"

"绫小路同学呀，是那个，是我的……"

我好像没办法在这里帮上什么忙。若要说唯一能做什么的话，那就是……

"我们只是朋友。"

我抢在一之濑之前，如此断言道。

"一之濑。虽然由我这个没被人表白过的人来讲或许有点不妥，可是我认为你把我叫来这里是不对的。"

我为了她们两个而如此直截了当地说道。

"向人告白应该不是件轻而易举的事吧。每天都过得很烦闷，而且还会在脑中做无数次的模拟练习，但就算这样，也还是无法表白。一旦决定要表白时，快从喉咙蹦出的那句'我喜欢你'却怎么也说不出口。对于这份心意，被表白的人应该做出回应吧？如果含糊带过，也只会让彼此后悔。"

"唔……"

一之濑恐怕还没有真正喜欢过谁吧。

所以才会不知所措，不知道事情的对错。

她为了不想伤害对方所做的一切，到头来只是白忙一场。

拒绝他人的表白，是条无可避免会伤害对方的道路。

一之濑如果绞尽脑汁想出拒绝的话，说不定会比较好。

像是现在想专心学业，或者已经有喜欢的人，等等。又或者是像这回一样，说自己已经有正在交往的对象。可是不管怎么回答对方都一定会受到伤害。

假如还满口谎言，那就更伤人了。我没等一之濑回答就离开了。我没有回宿舍，在通往宿舍的林荫大道停下了脚步。

我倚靠扶手，仰望头上的绿叶，稍做休息。

现在应该过了五分钟左右了吧，一名少女从我身边小碎步地跑远了。她的眼眶中浮着薄薄的泪光。

我也还是在这地方一动也不动地继续打发时间。

在夕阳西下时，一之濑无精打采地走了过来。

"啊……"

她发现我之后有点尴尬地低下了头，不过又立刻抬了起来。

"我错了。我仅没有理解千寻的心情，还一心想要用不会伤害她的方法来逃避。这是错误的呢。"

"谈恋爱还真是困难呀。"一之濑如低语，并来到我身旁，靠到扶手上。

"虽然她说明天起还是会像平常一样……但我们真的能像从前那样相处吗？"

"这就要看你们两个了。"

"嗯……"她又继续说，

"今天谢谢你，让你陪我做了奇怪的事情。"

"没关系啦。偶尔有这种日子也不错。"

"我们的立场颠倒了呢。我明明是打算帮忙才向你们搭话，却反而麻烦了你。"

"我才是。说了那些自以为是的话，真是抱歉。"

不知道为什么，一之濑眨了眨眼往我看来。

"绫小路同学你不用向我道歉，完全不用。"

一之濑用力将双手伸向天空，直立起身子。

"接下来就轮我帮忙了，能做的我都会去做。"

身为 B 班学生的一之濑，打算如何应对这个难解的事件呢？我不禁有点期待。

8

晚上，当我用电脑浏览购物网站时，有通电话打了过来。在床边插座上充电的手机，屏幕发出了亮光。来电显示是椎田桔梗。我不禁看了两次重复确认。如果电话断掉，我也没有勇气回拨，于是我便滑动椅子的滚轮、抓住手机，然后跳到了床上。

"抱歉呢，这么晚还打给你。你还没睡吧？"

"嗯，是呀，我再过一会儿说不定就要睡了。有什么事吗？"

"佐仓同学的数码相机不是坏掉了吗？我觉得部分原因在我，都怪我向她搭话，害她紧张。所以我觉得有责任……"

"至少我觉得这并不是你的责任。只要拿去修理就好了，如果那是很重要的东西，即使你不管，她自己不是也会拿去维修吗？"

可是我问了以后才知道事情没这么单纯。佐仓就如她的形象那般，极度不擅长与人对话。她应该没有自信独自到店里维修。说不定这就跟自己一个人进餐厅会觉得有点犹豫的情况类似。

一时之间可能会让人难以置信，但世上就是有各式各样性格的人。即使有不擅长与人相处的人，也不奇怪。

"于是栉田你就主动向她提出了建议？"

想要和佐仓有接触，就只能由自己展开积极的行动。

"嗯，虽然她似乎有点犹豫，但她说如果是后天的话就可以。对佐仓同学来说，数码相机大概是非常重要的东西。"

栉田为了帮助佐仓敞开心房，漂亮地踏出了第一步。

"不过你为什么要跟我说？你们两人独处不是更顺利吗？"

"如果只是送去维修的话确实如此呢。因为现在还有另一件重要的事，我希望绫小路同学你可以帮忙。"

"你的意思是，要我问她知不知道须藤的事件吗？"

"毕竟堀北同学那么有把握，我通过跟佐仓同学的接触，也感觉她知道些什么。既然她本人否定，我想应该是有某种理由的。"

其实带堀北去才是最好的。不过栉田跟堀北假日外出的那幅画面，我实在想象不出来。她大概是使用排除法，才选了最无害的我吧。就算带池或山内去，他们眼中也只有栉田。

我刚好想去一趟家电量贩店。

我坐起身，背靠在紧邻床边的墙壁上。躺着和人约定外出好像很没礼貌。

"好，我知道了。那就去一起吧！"

明明只要正常回复就好，我却不自然地发出有点振奋的声音。

幸亏栉田好像没觉得这句话很奇怪，也没有对这件事吐嘈。

接下来的一段时间，我跟栉田热络地聊了一些无关紧要的话题。

我跟她进行日常对话已经不太会紧张了。或者说不会觉得聊得很不自然。

她就算踏入我的个人领域，也不会令人不愉快。

我心里已经确实将她视为朋友了。

"话说回来，高圆寺同学跟须藤同学差点打起来的时候，还真是可怕呀。"

"对啊。状况一触即发，他们双方眼看就要开始互殴了。"

高圆寺我行我素，须藤要是打过来他肯定会反击。

那样，也许就会酿成大祸。

"当时我都吓得无法动弹……平田同学还真是厉害呢，让人佩服。"

"是啊。"

我反省了自己对于平田受称赞而感到嫉妒的心。

他有勇气与胆量在那种场面挺身而出，理应受尊敬。

"D班之所以能够成形，多亏了你和平田。男女生各自分开也很重要。"

有时候女孩子的事情，只有女孩子才能够解决。

"我只是很普通地过着校园生活哟，并没做什么特别的事情。"

"我想平田一定也会说出相同的话。"

特别的人多半都不会认为自己很特殊。

"要说特别的话，堀北同学不是比我更特别吗？她会读书，又擅长运动，不禁让人奇怪为什么她会待在D班。"

那种人不叫作特别，而是异于常人。

要是多嘴说了她坏话，日后事迹败露后会很倒霉，我还是先闭嘴好了。

"她不擅交际，所以应该是这点导致她被分到了D班吧？"

"不过，她跟绫小路同学你相处却很正常呢。"

"你居然说那是正常……"

如果把我所认识的那个堀北作为标准，其他人的待遇就真的很悲惨了……

我回想起痛苦挣扎并且晕厥过去的池，便哆嗦了一下。

"我和堀北之间感觉好像还是有隔阂。或者应该说，我们的关系就只能算一般。我先把话说清楚，以防你误会。"

"哦？"

耳边传来了有点怀疑、打趣的声音。我还真不想被栉田误解。

"啊……对了，有件事情想问你。栉田你的房间是在九楼吗？"

"咦？啊，嗯，对呀。这又怎么了吗？"

"不，没什么。我只是有点好奇。"

回过神来，栉田毫无预兆地陷入了沉默。

刚才都还持续着的对话忽然中断。

大部分时候栉田都会马上抛来话题，这次她却没这么做。

难不成问她房间在几楼很不恰当吗？

我心神不宁地无法镇定下来，于是就呆呆地环视起房间的各个角落。

唉，我现在真想变身成沟通能力超强的帅哥。

这段时间寂静到都可以听清彼此的呼吸声。

"已经很晚了。差不多该挂了吧？"

我无法忍受沉默，宣布投降。

与女孩子之间的沉默通话，也太令人心痛了吧。

"绫小路同学……"

"嗯？"

栉田打破沉默，不过没把话说完。她罕见地正在犹豫着自己的发言，真不像平时开朗热络的栉田。

"如果……我……我……"

她的话又中断了，沉默再次降临。时间过了五秒，十秒。

"算了，没什么。"

这是"有"什么的时候才会出现的反应……

然而，我完全没勇气说出像是"什么嘛……既然都讲到一半，那就讲完嘛……"这种轻率的话，所以就简单带过了。抱歉，栉田。假如今天要上战场的话，我就是要躲在后方当狙击手的那种胆小鬼。原谅我吧。

"那后天就请你多多指教喽，绫小路同学。"

栉田这么说完，就挂掉了电话。

她最后讲到一半的话，究竟是什么呢？看来今天会是个难以入眠的夜晚。

9

周日上午，我为了履行与栉田之间的约定而来到了购物中心。对于周末基本上都宅在自己房间里的我而言，这里是个让我有点紧张的地方。

两张并排长椅中的其中一张已经有人先入座了。那个人也跟我一样，都在等着与人会合吗？一到假日，学生果然几乎都随心所欲地外出走动。我一面想，一面在另一张空的长椅上坐了下来。

　　虽然我认为住在同一栋宿舍，一起过来就可以了。可是栉田比较讲究，她表示在现场会合是有意义的。

　　"早安！"

　　栉田满面笑容地朝我走了过来。

　　"哦、哦哦。早安。"

　　不禁怦然心动的我虽然有些语塞，还是微微举起了手。

　　"对不起呀，等很久了吗？"

　　"没有，我也才刚到。"

　　当我们在进行像是约会的固定对答的时候，我不自主地从头到尾看了看栉田的全身。好可爱。栉田好可爱啊。我第一次看见栉田穿便服的模样，无法压抑心中的感动。

　　"我们是第一次在周末见面呢，感觉真新鲜。"

　　看来栉田跟我有相同感受，那张可爱的笑脸简直犯规。

　　池他们该不会还没见过吧？难不成我是第一个？

　　在我无法压抑兴奋之情时，栉田像是回想起什么似的说道："你上周末很忙吗？绫小路同学你要是能一起来就好了。"

　　上周？要是你能一起来就好了？她究竟在说什么？

　　"我是指跟池同学他们一起去咖啡厅的事情哟！"

　　这我可是第一次听说。

"难道说……"

"啊，啊……这样呀。这件事情，我还真没听说过。"

我仰望天空，悲叹自己的不中用。

错的人并不是没有邀请我的池，而是不受邀请的我。

"你刚才是打算逞强对吧……对不起，我多嘴了……"

"你别放在心上，因为我完全不介意……你们玩得开心吗？"

"我知道你非常介意……"

别说是第一个，我说不定是最后一个看到栉田周末模样的人。

即使只有一瞬间也好，只要能够两人独处，我就当作自己已经很幸运了吧。

偶尔经过我们面前的学生们，也都会被栉田的便服模样给夺走目光。如果是情侣，女方甚至还会捏着男朋友的脸颊很不高兴地闹着别扭。

她可爱到就连有女朋友的人也会看得入迷。

感觉自己总是在吹捧栉田。

虽然我说的全都是事实，但也有点难为情。

"怎么了呀？"

栉田觉得站着僵硬不动的我很奇怪，于是向前弯着身子，朝我看过来。她的每一个动作都很可爱。

"我在想……今天天气还真不错。"

我用就连我自己都觉得老套的台词搪塞过去。

给我冷静点。可爱这个字眼，光是今天你就用了多少次？

照这速度继续使用下去，一天之内可能会重复说上一两百次。

"那个……我的打扮跟你有点不搭调，抱歉啊。"

我穿着简便、朴素的服装。即使是讲客套话，我也绝对不是那种可以与枥田并肩行走的男人。

"完全没这回事，我认为这身打扮非常适合你哟。"

"我可以理解成你是在批评我很适合土气的装扮吗？"

"嗯，对呀！"

我感受到有把尖刀狠狠地刺了过来。虽然我不是刻意要自作孽，但仍大受打击。

"绫小路同学，莫非你的心思其实格外地细腻吗？但是总感觉你明明不管被别人说什么似乎都不介意。我完全不是在说你坏话哟，我是真的认为这很适合你。"

看来我被她捉弄了。即使是一般情况下会让人生气的事情，要是换成枥田，只要她说出一句淘气的话便能令人释怀，真狡猾。

"佐仓同学人呢？"

"好像还没来。"

约定的时间刚好到了，我们却未见到佐仓的踪影。

"不过，你邀我过来真的好吗？"

"其实是她拜托我一起邀请你的呢。你和佐仓同学有接触呀？"

"佐仓说的？不……我们几乎没有说过话。"

我回想起在特别教学大楼撞见佐仓时的事情。要说接触的话，也只有那一次。

"会不会是她对你一见钟情？"

栉田贼笑说道。不过怎么说，都无法令人期待这种戏剧性的发展。

"总之，我们先坐着等吧。"

"好呀。咦……欸，坐在旁边长椅上的不就是佐仓同学吗？"

我急忙转过头。坐在隔壁长椅上的人物便不好意思似的轻轻点头朝我们打了声招呼。

真没想到一直坐在隔壁长椅上的人居然会是佐仓……

不知该说是气息，还是氛围才好。她的路人感太强烈，导致我完全没有发现她。

"对不起，我没什么存在感……早安……"

"不，我并没有觉得你很没存在感。我真的感觉到了你的存在。"

"这并不算是在打圆场哟，绫小路同学。"

我抱歉地低下头。佐仓慢慢站了起来。

　　不过我也希望她能谅解我没注意到。佐仓不仅戴着帽子，甚至连口罩都戴上了。若是关系亲密的人也就罢了，只靠特征的话，要认出佐仓真的很困难。她是感冒了吗？

　　"佐仓同学看起来像是可疑人物呢……"

　　"与其说她是可疑人物，我认为这样反而更显眼欸。"

　　"说得也是呢……尤其在这里的话会特别显眼。"

　　佐仓说完便抱歉似的摘下口罩。她并不是感冒，而是所谓的口罩女。她到底有多讨厌引人注目啊？

　　"要维修相机的话，只要到购物中心的电器行就可以了对吧？"

　　"我记得他们应该也有受理维修。"

　　"不好意思……让你们陪我做这种事。"

　　佐仓打从心底感到抱歉般的低头道歉，弄得我都有点不好意思了。

10

　　学校里设有一间在国内很有名量贩店，校方与他们有合作关系。顾客群只有学生，因此店铺本身占地并不大。不过日常可能会用到的商品，或者学生们有可能会利用的电子产品，一应俱全。

　　"嗯……我记得受理维修的地方是在对面的柜台呢。"

　　栉田好像来过很多次，她一面回想位置，一面往店铺深处走去。我和佐仓则跟在她的后面。

"不知道能不能马上修好……"

佐仓很不安地紧握着数码相机。

"你还真是喜欢相机欸。"

"嗯……很奇怪吗?"

"不,完全不会。相反这是个很好的兴趣吧?我其实不太了解相机,要是能赶快修好就好了呢。"

"嗯!"

"我找到啦,能够受理维修的地方。"

店内有着许多商品,因此视野不太好,受理维修的地方就在店铺的最里面。

"啊……"

佐仓不知为何猛然停下脚步。她像是看见什么讨厌的东西,露骨地表现出厌恶感。

我也顺着佐仓的视线看了过去,但并没有发现任何异常。

"怎么了,佐仓同学?"

栉田也觉得停下脚步的佐仓很奇怪,向她搭话。

"啊,呃……"

虽然她看起来欲言又止,但最后还是摇了摇头,做了个深呼吸。

"没什么……"

佐仓这么说完,就拼命地挤出笑容,走向受理维修的地方。

我和栉田看了彼此一眼。既然佐仓都说没事，于是我们便跟了过去。

栉田向店员搭话，委托对方维修数码相机。

这段时间我闲得发慌，就在附近看了看电子产品。

不过，栉田的处世之道还真是厉害。她和初次见面的店员，仿佛就像老朋友般，彼此相谈甚欢。而拿相机维修的物主佐仓，则只有在对方征询同意以及提问时做回答。

话说回来店员的情绪也太高昂了。他正以滔滔不绝的气势向栉田积极搭讪。根据隐约听见的交谈内容，对方似乎正在邀请栉田一起去看女性偶像演唱会。他好像是个很夸张的宅男，从偶像选举如何如何的话题，一直聊到了杂志偶像。他借此话题，企图接近栉田。

栉田并没有表现出讨厌的模样，说不定对方以为能够顺利约到她。但我想这是个大失败，她应该很反感才对。

店员因为对方是可爱的女孩子而情绪高涨，正事一点进展都没有。

感到情况实在不太妙的栉田，想尽快切入正题，便催促佐仓拿出数码相机。

店员打开相机做了简单的检查。他说是掉落的撞击造成部分零件损坏，因此电源才会无法开启。而幸好数码相机等私人物品是开学后才购买的，还在保修期内，所以可以免费维修。

照理来说，只要填写完必要信息就结束了。可是佐仓的手却在表格前面停了下来。

"佐仓同学?"

栀田很疑惑，便向佐仓搭话。她好像在犹豫什么。

我原本不打算插嘴，但是她的态度实在让我很担心。而且……

直到刚才都还沉醉于与栀田对话的店员，现在正目不转睛地盯着佐仓。

虽然佐仓和栀田都将视线投在表格上，没有察觉到。但这名店员的可怕眼神，就连身为男性的我都觉得不寒而栗。

"能借一下笔吗?"

"咦?"

我一站到佐仓身旁就伸手要她的笔。

佐仓好像不懂我的用意，但她还是不安地把笔给了我。

"维修完毕后，请你联络我。"

"喂，你干什么? 这个数码相机的主人是她吧? 这样有点……"

"保修书已证明贩卖店家及购买日都没问题，并没有任何法律上的问题。况且，购买人与使用者即使不同，也没什么吧。"

在听见"我明白了"的这句答复前，我就开始在表格内填入自己的姓名及宿舍房号等必要信息。

"还是说，你有什么非她不可的理由吗？"

我没抬起头，接着补充问道。

"没……没有。我明白了……没有关系。"

不久我就填完将单子连同数码相机一并交给对方。

佐仓虽然放下了心中那块大石，但对方表示维修大约耗时两个星期。佐仓非常失望，泄气地垂下双肩。

"那个店员还真可怕呢……他一直说个不停，我都有点焦急了。"

"有点恶心对吧……"

"是……是有点恶心啦。难道说你认识那个店员吗？"

佐仓轻轻点头，看来她来买相机时就认识那个店员了。

"绫小路同学，你怎么想呢？"栉田也问了我的看法。

"嗯，他有种让人难以接近的气质。特别是女孩子。"

"之前我被他搭讪过……所以，我才不敢自己一个人去维修……"

栉田这才察觉到，睁大双眼看向我。

"难不成，绫小路同学你是因为这样才……"

"因为她是女孩子啊，所以我想她应该很反感写出自己的地址或手机号码。"

关于这点，身为男性的我则没有任何困扰。

"谢……谢谢你……绫小路同学。你真的帮了我大忙……"

"不，这没什么。而且我只不过是写了住址。如果收到维修好的电话，我会再联络你。"

佐仓开心点头。这就足以让她如此高兴，我反而很过意不去。

"你对佐仓同学还真是观察入微呢。"

"这说法可是会让人产生误会哦。正确来说，我只是观察了那个很有个人特色的店员。他似乎散发出一种非常喜欢女孩子的氛围，对吧?"

"哈哈……确实如此。"

连栉田都受不了他。对毫无免疫力的佐仓来说，应该相当难熬吧。

"今天因为栉田同学你也陪我一起来，所以我才完全没被他搭话。非常谢谢你。"

如果是一对一面对那个店员，佐仓说不定早就逃跑了。

"不会。这种小事情，我随时都愿意帮忙。佐仓同学，你很喜欢相机呀?"

"嗯……虽然我小时候并不是这样。不过应该是在上中学之前的那阵子吧，我爸爸买了一台相机给我，于是我就渐渐喜欢上了。我也只是喜欢拍照而已，根本完全不懂相机呢。"

"了解相机与喜欢拍照是两回事哟。我认为能热衷于某样东西，是件很棒的事情呢。"

"我记得佐仓你说平常都是拍风景对吧？你不会拍人吗？"

"咦！"

佐仓迅速往后退，慌张地上下摆动双手。我问了什么不妥的问题吗？

我只不过问了很自然的问题。只拍景色，也就是说她的专长是拍风景吗？

佐仓的嘴巴一张一合，身体僵硬。

"不……不告诉你。"

原来如此。她不想告诉我这种人。

"对了。虽然很不好意思，不过我能顺便在店里逛一逛吗？"

"你有想买的东西吗？"

不知该说是我有想买的东西，还是该说我有点在意某样东西。

"你们两个也可以随意逛逛。"

"我们也一起去吧。好不好？"

"好……好的。让你们陪我，我觉得挺不好意思的……而且也还有时间。"

虽然我并没有如此希望，但是看来她们两人也要跟着我走。

看了栉田与佐仓并肩走路的模样，就觉得她们两人的距离在一天之内就有大幅的缩短。这种处世之道，我还真希望栉田能分一点给我。

　　她们两人好像一个接着一个地聊起女生之间的话题。为了不打扰她们，我还是去确认目标物品吧。我点开手机的通讯录。

　　虽然通讯录人还很少，不过我的朋友人数毫无疑问正在稳定增加。

　　我选择了通讯录中Ｓ行的"外村（博士）①"，拨了过去。

　　"博士，能打扰一下吗？"

　　"嗯？绫小路殿下打来还真稀奇呢。请问有什么事？"

　　我的通话对象是外村，绰号博士。他有个听起来头脑很好的绰号，但实际上他只是个厉害的宅男。他每天都在搜集情报，涉猎了美少女游戏至动漫等等的内容。

　　"博士你平常使用的笔记本电脑，是用学校点数买的对吧？"

　　"是的，我花了八万点。不过这怎么了吗？"

　　"我想在学校贩卖的电子产品中找个东西。"

　　我向他说明商品概要，也告诉他，我已经到了店里，眼前虽然有几种类似的商品，但不知道选择哪种会比较好。

　　虽然我想问店员的话应该会比较快，只不过我有

---

①　外村日文发音为Sotomura。

苦衷。

"绫小路殿下，您难道认为在下精通这个领域吗？"

"你如果不清楚的话就算了。"

"请等一下。"

他叫住正要挂电话的我。

"其实在下清楚。因为那种类型的东西，在下的老家约有两台。"

"你该不会从初中开始就在做坏事了？"

"您别误会。在下只是为了学习外语而做的实验。"

"那么，如果我有需要时，能拜托你帮忙设定吗？"

"呼呼，交给在下吧。再说总有一天或许也会需要您的帮助呢。"

所谓术业有专攻。即使是我不懂的领域，也会存在对其熟悉的专家。

"让你们久等了。"

"已经买完了？"

"今天只是看看。我也没剩下这么多点数能买家电。"

这时栉田忽然盯着佐仓的侧脸发起呆来。

"咦？佐仓同学，我跟你是不是之前在哪里见过面？"

"咦？没……没有。我认为并没有。"

"对不起呀。我无意间看着你，就突然觉得我们好像在哪里见过面。如果可以的话，你能不能摘下眼镜呢？"

"咦！这……这有点……因为我的视力差到什么都看不见……"

佐仓在胸前左右挥着手，对栖田表示拒绝。

"那下次我们一起出去玩吧，佐仓同学。不只是跟我，还有其他朋友一起。"

"这……"

佐仓虽然想要说些什么，可是却没把话继续说完。

栖田再问下去事情会变得很麻烦，所以就没再多说什么。不对，应该说是她无法继续问下去。最后，我们就这样回到一开始会合的地点。

"今天真的非常感谢。你们真的帮了我很大的忙。"

"不会啦不会啦。这也不是什么需要道谢的事情。另外，佐仓同学。如果可以的话，你能不能别那么客气呢？我们明明是同年级学生，使用敬语可是很奇怪的哟。"

佐仓的用字遣词确实并不适用于同年级学生，更不用说是同班同学了。

然而，这对佐仓而言似乎不是件简单的事，她不知所措地说道："我并不是故意这么做的……请问很奇怪吗？"

"我不是在说这样不好哟。不过，要是你不跟我用敬语的话，我会比较开心呢。"

"啊……好……好的……我……我知道了。我会努力试试看的！"

我原本以为栉田会被佐仓拒绝，不过她为了回应栉田的提议，卖力地挤出声音。

人与人之间的关系，应该就是像这样一点一滴亲近起来的吧。

即使是让人没有头绪的佐仓，栉田也稳扎稳打地拉近了距离。

"你不用勉强自己哟。"

"没……没关系……我也……"

佐仓微微低着头。她的话在中途变得小声，因此传不到我的耳朵里。不过她并没有感到不愉快。

栉田心满意足地露出微笑，就没有继续说什么了。

说不定这就是最恰当的距离感。

从不擅与人相处者的立场看来，有人能在前方引领自己虽然很值得感谢，可是反过来说，这也会令人困扰，或者说有时候要是太过积极，反而会让人退避三舍。

"那么我们学校见喽。"

栉田宣布解散。然而，让人意外的是佐仓却站在原地不动。

"那个……"

她大声喊道，直视着我们。可我们一对上眼神，她马上就撇开了。

"关于须藤同学的事情……如果说当成今天的谢礼，

或许会有点不妥……但是如果可以的话……"

她稍做停顿，接着清清楚楚地说道：

"须藤同学的事情，我说不定能帮上忙……"

佐仓亲口承认了自己就是目击者。

我和栉田看了彼此一眼。

"也就是说，佐仓同学你看见须藤同学他们打架了？"

"嗯……我全看见了。真的只是碰巧……很难以置信对吧？"

"没这回事哟。不过，为什么你要在这个时间点说出来呢？这虽然是很值得开心的事，可是我希望你别勉强自己。我并不是为了卖人情才找你出来的哟？"

佐仓说不出话来，左右轻轻摇头。

她在现在这个时间点说出口，说不定就是自己比谁都介意须藤事件的证据。佐仓也想借机来提出协助吧。

"真的可以吗？你没有在勉强自己吗？"

栉田说出了我想说的话。她想的和我一样。

佐仓感受到栉田正在担心自己，于是抱歉似的轻轻点头。

"没关系……我觉得如果默不作声，之后应该会很后悔。我呀……也不想让同学困扰。可是，要是作为目击者出声，肯定会引人注目……我只是不喜欢这样……真的很对不起。"

她懊悔得道歉了好几次，也向栉田约好自己会出面作证。

"谢谢你，佐仓同学。须藤同学一定也会很高兴的哟！"

栉田握起佐仓的双手，佐仓也注视着满面笑容的栉田。

此时此刻，是否诞生了一份新的友谊呢。

不管怎么说，总算找到了须藤他们所盼望的找到目击者。

11

与佐仓外出维修数码相机的这天晚上，我紧握着手机。

我拿着手机的那只手所流出的汗，让人不觉得是身在开着冷气的室内。

"我们与佐仓的距离缩短了……可以这么说吧？"

"如果跟昨天比起来是没错。唉……还差得远呢。我真是对自己失望。"

想必栉田本人心中是打算跟她变得更亲近吧。然而，总觉得佐仓在自己与他人之间放置了一道高大的墙。只要不翻越这道墙，就很难让她作为目击者出面吧。

"话说回来，为什么你想让佐仓拿下眼镜啊？"

"嗯……我也不知道该怎么回答。不过总觉得佐仓同学好像不适合戴眼镜。或者说她和眼镜很不搭调？我自己也不太清楚。自己跟她见过面，大概只是错觉而已。"

"不……说不定这并不是你的错觉哦。佐仓她不是打扮得很不时髦吗？我也是这样子，还尽量挑选色调朴素且不显眼的衣服。"

"是呀，她不会刻意打扮得时髦。怎么了吗？"

佐仓捡起掉落在地上的数码相机时，我从旁边看见了她的眼镜。

我一直都将当时所感受到的异样感放在心上。

"这种女孩会戴装饰用眼镜，有点不自然。"

"咦？佐仓同学的眼镜是装饰用的？可是她不是说自己视力不好……"

"一般眼镜与装饰用眼镜乍看虽然相同，但是却有一处决定性的差异。那就是镜片另一侧的画面会变形。佐仓镜片中的画面并没有出现变形。我还以为她铁定是为了打扮才会戴上眼镜。不过听完佐仓今天说的话，我就开始觉得很奇怪。"

"只靠眼镜打扮？嗯……一般人不会这么做呢。"

如果连装饰品都很讲究，那她也会在服装或妆容上面花心思。

"还是说，这是为了掩饰自卑感呢？比说，戴眼镜的话会看起来很有知性对吧？"

"确实如此呢，戴眼镜的话看起来就会很聪明。"

"佐仓的情况，或许是由于她不想让人看见真实的自己，所以才戴上眼镜的吧。从她总是驼着背，以及不与人视线交错看来，我也不认为她只是单纯地不喜欢社交。"

我隐约觉得其中隐藏着能够跨越那道高墙的方法。

"带绫小路同学你一起来，果然是正确的呢。你很用心在观察对方。"

有点害羞。

与栉田互动的轻松之处，就在于她会巧妙地将对话自然延续下去。

对于我这种不擅长社交的人，她会向前缩短距离，走到能让我容易接话题的地方。

"然后呀……"

当我再次受到栉田温柔的引领之时，有通电话打了进来。

我不让栉田察觉地偷偷确认来电者。如果是池或山内，那就之后再说。而如果是堀北的话……就到时再思考吧。虽然我是这么想的……

屏幕上显示的名字是"佐仓"。

"抱歉，栉田。我可以等一下再打给你吗？"

"啊，好。对不起呀，讲了这么久。"

我依依不舍地挂了电话，趁来电还没挂掉之前，接起佐仓的电话。

我按下通话键。数秒内，听筒都没传出任何声音。

"我……我是佐仓……"

"我是绫小路。"

我们已事先互相交换了联络方式。这对话开头还真是奇怪。

虽然我们礼节性交换过联络方式，我原本预估她十之八九不会打给我。需要联络的话，只要打给栉田就可以了。

"谢谢你今天能够陪我。"

"没什么……这也不是什么大不了的事，你完全不用放在心上。被答谢这么多次的话，连我都要觉得不好意思了。"

"嗯……"

沉默来了。与其说是佐仓的错，不如说是因为我没有好好回复她抛来的话题。我深深感受到自己在和栉田对话时，有多么仰赖她的引领。

我必须在这通电话里付出努力。

"怎么了？"

"呃……"

沉默再次持续。这种时候我该如何是好呢？平田大哥，请您告诉我。

"你有没有……想到什么事情？"

她说出了一句既笼统又不明确的话。

想到的事情？像是"栉田穿便服的模样好可爱"，或者"佐仓你意外地是个有趣的女生"……她想要的不是这种答复吧？

　　线索实在太少，我完全不知道佐仓期待我回答什么。

　　"发生什么事情了吗？"

　　我在她的话中察觉到一丝不安的情绪，便想办法将那条细细的线索拉过来。然而，我轻轻拉住的那条线，却像是融化在水中似的轻易扯断了。

　　"对不起，没什么事……晚安。"

　　我连阻止的时间也没有，她就把电话挂掉了。

　　虽然我想过要不要立刻回拨，到最后只会重蹈覆辙，便作罢了。为了便于思考，我走到洗手台洗了把脸。

　　我和栅田的通话时间约为十分钟，不过这段时间，栅田的手机好像没有电话打进来的迹象。栅田在这之前如果接到佐仓的电话，即使告诉我也完全不奇怪。那么，她是打算打给我，再打给栅田？这也很难以想象。一般人要打电话时，都会先打给较亲近的人，或者辈分较高的人。换句话说，把这次情况视为她只有打电话给我，会比较合理。

　　为了慎重起见，我发了消息给栅田，问她佐仓是否和她联络过。

　　几分钟后我收到了回复。果然她说佐仓并没有联络她。

　　"她拜托我也邀请你呢。你和佐仓同学接触过呀？"

　　今天早上见到栅田时，她是这么对我说的。

　　当时我以为是因为她和栅田独处会紧张，所以才让栉田随便邀请个人。不过……原来事情并非如此吗？

栉田所说的"一见钟情"这种不切实际的幻想就先姑且不论。她会有什么非我不可的理由吗？我回想今天一整天与佐仓互动时的感受。

虽然几乎都是栉田与佐仓在进行对话，不过也有向我抛来的话题。内容是关于量贩店受理维修的店员。除此之外我就想不到了。

假如她是因为这件事，才问我"你有没有想到什么"的话呢？

拼命搜集来的拼图还太小，而且数量也不够。

我的脑海中浮现了好几种想象，但不论哪种都缺乏可信度，都无法成为断言"就是它了！"的这种关键素材。

一般都会认为直接去学校问本人不就就行了，然而，佐仓的情况则没这么简单吧。

要是我向没跟任何人说过话的佐仓攀谈，从不好的层面来看，会很引人注目。

我一面祈祷我对这通电话的担心，最终会以杞人忧天告终，一面开始准备就寝。

各有所图

须藤与 C 班之间的谈话，终于只剩下一天。

在堀北的协助之下，我们找到了目击者佐仓。而栉田、平田他们则通过行动给予全班活力与勇气。班上多少说得上是团结一致了。

然而，这很明显还欠缺着决定性的一击，因此要证明须藤无罪依然相当困难。

这场审议中，判断对错的那条界定线，将左右我们的作战方式。

"话说回来，今天也还是很热欸……"

人最会去思考温室效应的时候，便是走出开着冷气的建筑的瞬间。

一想到接下来的八月，每天都要被酷暑折磨，就很提不起劲来。

我一走出宿舍大厅，闷热强劲的热风便扑面袭来。在抵达学校前的数分钟期间，我一面忍耐着肌肤的灼痛感，一面走在绿叶茂盛的林荫大道上前往学校。

鞋柜不远处的楼梯中央平台上有个公布栏，我注意到它和平时有点不太一样。

上头贴着一张告示，招募持有须藤与 C 班相关消息的学生。

"这是……"

看来那名帮手已经展开了行动。我们并没研究出这种形式的策略，因此这实在非常令人感激。不得不说她真的很有行动力。

她认为光是这样的话效果会很弱，甚至还写上会向有力情报提供者支付点数。这样的话，即使是平时不感兴趣的学生们，也应该会注意到这则消息。

正当我大略看了告示内容，并对其感到佩服之时……

"早安！绫小路同学！"

来学校上课的一之濑从我后方向我搭话。

"我刚才在看这张告示。这该不会是一之濑你做的吧？"

我将视线移往告示，一之濑便很感兴趣看向那张纸。

"哦……原来如此。还有这招呀！"

"咦？这不是你做的吗？"

我还以为这铁定是她想出的作战。

"这大概是……啊，他来了。早安，神崎同学。"

一之濑举起手，叫住一名男学生。男学生发现一之濑后，便踏着安静的步伐走了过来。

"这张告示是神崎同学你贴的对吧？"

"对。这是我在上周五准备好并贴上去的。这怎么了吗？"

"没事，因为他想知道这是谁做的。啊，我来介绍一下。他是 B 班的神崎同学，而这边这位是 D 班的绫小路同学。"

"我是神崎，请多指教。"

神崎的态度严谨，是个很规矩的学生。他的个子很高，体型修长，是个与平田类型不相同的帅哥。我握住了他伸过来的手。

"神崎同学，如何？你得到有用的消息了吗？"

"很遗憾，我并没有得到派得上用场的消息。"

"这样呀。那么我也来看一下之前的那个公布栏。"

"公布栏？你们还贴了其他告示？"

"不是哟。"一之濑轻轻一笑说道。

"你看过学校的官方网站吗？那里有个公布栏。我们在那里呼吁大家提供消息。我们在上面写着：假如有谁目击了校内发生的暴力事件，我们愿闻其详。"

一之濑这么说完，便让我看了看她的手机画面。

上面确实写着征求目击者的留言，而且就连浏览人数也都能看见。人数虽然看起来只有几十人，也远比四处探听更有效率。

而这里也同样写着：我们将对提供有力情报者，或者目击证人支付点数作为报酬。

"啊，点数的事情，你不用在意，这是我们自作主张。再说，如果不这样，要得到新消息或许有点困难呢……啊！"

"怎么了？"

"关于那则留言，我收到了两封邮件。对方说掌握了一些情报。"

一之濑确认手机画面。

她看了一下信件内容，然后露出了笑容。

"是这样的……。"

一之濑倾斜手机，让我也能看见文章。

"C班的那个石崎同学，初中就是个大坏蛋呢。听说他打架也很厉害，当地学生都很怕他。这应该是同乡学生所泄漏的情报吧。"

"真有意思。"

同样在一旁看文章的神崎嘟哝道。

和神崎一样，我也认为这是个非常有意思、有趣的情报。因为在我的想象中，被须藤干掉的三人组，全都是普通的学生。如果当中有习惯打架的人物，那就是另一回事了。剩下的两个人也同属篮球社团，所以运动神经本身应该不差吧。这三人一击都没回，还遭到反击。我不禁感受到明显的不自然。

"神崎同学，你看了这个之后，是怎么想的？"

"说不定他们是故意被须藤打的。那三个人是为了故意陷害须藤而行动的话，事情就自然说得通了。"

"嗯，是呀。真不愧是神崎同学，一语道破。有了这份消息佐证，说不定能够更进一步证明须藤同学的无罪。不过，这还是不够。"

"是啊。单方面遭受殴打的事实，无论如何都会沉重地压过来。"

想必须藤也不希望事情最后以双方皆受到惩罚作结，他们两人还想到要替须藤尽量减轻责任。

"假如加上D班目击者的意见，那或许就能将局势带到六比四，甚至是七比三。你那边怎么样？目击者靠得住吗？"

"不，目前还说不清。"

我隐瞒佐仓的姓名，告诉他们还在交涉中。

"这样呀……是有什么原因吗？"

佐仓的问题很敏感，我没有详细说明。她当天说不定会说出"我果然还是不去了"这种话，我想替她留下一条退路。

"不过还真的没有其他目击者的消息呢。要是有人能够出面，我想事情就很有意思了。果然还是很棘手欸。虽然已经没时间了，但我们现在也只能等待网络或告示这边出现新消息了。"

"真是不好意思，让你们做到这种地步。你们可是会被C班的家伙们盯上哦。"

"没关系没关系。再说我们本来就已经被C班和A班盯上了。"

"一之濑说得对，不用在意我们班。如果是按照规则进行的竞争那也正合我意。然而，这次的事件却违反了规则，是不可原谅的行为。"

一之濑和神崎在与校方及同年级学生的战斗上，展现出堂堂正正的态度。

"总之，我得先把点数汇给提供情报的人呢。啊，可是对方希望匿名……我该怎么转让点数才好呢？"

"可以的话，我来教你吧？"

"绫小路同学，你知道方法呀？"

"我在手机上试过很多次才记住的。你知道对方的信箱吗？"

"知道哟，不过是网络上的免费信箱。"

一之濑迅速靠过来，将手机面向我。不知道该怎么形容，这真是段毫无防备的距离。

我想女孩子的话，通常都不会想让男性进到这段距离之内……

一之濑身上飘来了好闻的香气。

"那先点开汇款画面吧。左上角应该有自己的ID号码。"

极力隐藏着自己心跳加速的这件事情，边指示边说道。

"嗯……"

一之濑移动手指流畅地点击手机画面。

打开自己点数页面的按键，点数显示了出来。

一刹那，一之濑脱口轻声叫出一声"啊"，随即将手机画面从我面前移开。

"有了有了，就是这个吧。我该怎么使用这个 ID 号码呢？"

"这个 ID 号码可以产生暂时性的动态密码。只要把它告诉对方，对方就会传来汇款请求。"

"原来如此呀，谢谢。"

"那我们走吧，绫小路同学。"

"好。"

一之濑迈出步伐。

"……"

刚才，我一瞬间看见一之濑的手机画面。其中某个部分，已深深地烙印在我的脑海中。

要怎么做才能让那种事情成真呢？

一之濑他们说不定会成为阻挡堀北爬上 A 班的巨大障碍。

1

"早安！绫小路同学！"

"哦，早安。"

栉田今天比平常都还更加开朗、充满活力地向我打招呼。对于这份气势及耀眼光辉，我的身体反射性地向后仰。

"昨天谢谢你，真的帮了我大忙。"

不，虽然我非常开心你用这种耀眼的表情对我说，但我可不记得被你麻烦过。倒不如说，这是我第一次周末出门，又是跟佐仓和栉田这种女生一起出去玩，这简直太奢侈了。哎呀，幸好现在池跟山内还没到校，真是太好了、太好了。

要是让那些家伙听见这种事，他们一定会因此对我产生不必要的怨恨。

"下次再一起出去玩吧。"

"哦，嗯。"

我即使很清楚这只是句客套话，却还是有点怦然心动。哎呀，这样也不错。

"你周末和栉田同学待在一起吗？"

这是我隔壁邻居的声音。我简单回答了一句"是啊"。

"她拜托我帮忙，所以没办法。"

"是吗？"

"这怎么了……吗……"

我无意间把脸面向身为邻居的堀北，结果看见她露出我从未见过的表情。

"怎……怎么了啊？"

"'怎么了'是指？"

"不，你好像正摆着非常可怕的表情。"

"是吗？我表现得就跟平常一样。只不过我很吃惊

你变得能够任意行动了呢。我拜托你的时候，明明就很心不甘情不愿，可要是换成栉田同学拜托你的话，就会轻易答应呢。我正在冷静且谨慎地分析着当中的差异为何。"

她虽然说自己很冷静且谨慎，但我完全看不出来。

"过来一下。"栉田用指尖轻轻点了我的肩膀，把我叫了出去。

看见这情况，堀北又再次对我投来谜一样的表情。

栉田把我带到走廊，就一面偷瞄教室里面，一面说道：

"我看见非常新奇的事情了呢。原来堀北同学也会露出那种表情呀。"

栉田知道堀北那张表情的意思，她充满了惊讶及喜悦。

"新奇？但我觉得堀北的表情很可怕……还带有怒气……"

"不对哟。那张表情的意思是——你都不邀请我，我很寂寞。她觉得自己被疏远了。"

"不可能吧……"

"虽然她本人好像并没有意识到……她一定是发现了与朋友说话、一起出游的乐趣了吧。这是好事情、好事情。"

这真奇怪。堀北对栉田没有好印象，却对没受邀感受到疏远，这样很奇怪吧。

"绫小路同学，你该不会从根本上就误会了吧？堀北同学是在不高兴没被绫小路同学你邀请哟。"

不不不，我认为这更不可能……那家伙可是个最喜欢孤独的少女欸。

周末和人出门，对象又是像我这样的男人，她不可能从中发掘出什么乐趣。除非太阳从西边出来了。

2

顾虑到在教室的话佐仓会很显眼，于是我们在教师办公室前方叫住开完班会的茶柱老师。

昨天在电话里，就这样无疾而终的我，与佐仓一同站在后方待命。

栉田会好好地向茶柱老师转达一切吧。

"目击者？是目击到须藤事件的吗？"

"是的。佐仓同学看见了事件的全过程。"

栉田把站在后方静静待命的佐仓叫了过去。她有点紧张，往前踏出了一步。

"据栉田所言，你似乎看见了须藤他们打架。"

"是的，我看见了。"

与其说是没自信，倒不如说，她因为被老师凝视而很难受。

即使如此，约定好要作证的佐仓，慢慢道出了真相。

茶柱老师一直认真听到最后，没插半句嘴。我们也是初次听到这些内容。

"你的话我明白了。不过，我并不能直接采纳。"

栉田认为茶柱老师身为 D 班班主任，对于目击者的出现应该会感到喜悦吧。

但事与愿违，她慌张地询问理由。

"请……请问这是为什么呢？"

"佐仓，为何事到如今你才出面作证？我在班会上通知时你没有站出来对吧。我记得你那天并没有缺席。"

"这是因为……我不擅长和人说话……"

"明明不擅长，如今却出面作证，不也很奇怪吗？"

茶柱老师的追问理所当然。如果她一开始就站出来，那么老师也会坦率地对目击者的存在感到高兴吧。

"老师，佐仓同学她是……"

"我现在在问的是佐仓。"

茶柱老师以尖锐且充满怒气的声音打断栉田的话。

"呃……因为班上同学……很困扰……如果我出面作证……就能帮上忙的话……想到这里，我才会……"

佐仓像是被蛇盯上的青蛙缩着身体、驼着背。

身为班主任的茶柱老师，也非常了解佐仓的性格。

老师也感受得到，她光是说出真相就是一个很大的进步了。

"原来如此。也就是说，是你自己拼命鼓起勇气才站出来的？”

“是的……”

“这样啊。你若是目击者的话，我当然也会义不容辞向校方传达。不过这件事情，校方不会直接采纳。因为这并不能证明须藤的无罪吧。”

“请……请问这是什么意思呢？”

“佐仓真的是目击者吗？这说不定是我们 D 班学生害怕受到负面评价，才捏造的谎言。”

“茶柱老师，我觉得您这种说法很过分！”

“过分？假如她真的目击到事件，就应该在第一时间站出来。校方马上就要开始审议了才站出来，即使被怀疑也理所当然。既是目击者又是 D 班的学生，不是更可疑吗？你们不这么觉得吗？同班学生不仅碰巧在那栋人烟稀少的校舍，还碰巧目击了一切，实在让人难以相信。”

茶柱老师的说法很合理。

佐仓目击事件的这件事实，实在是太巧了。就算遭人怀疑也无可奈何。

我要是旁观者的话，也绝对会认为这是他们自己人所编出的谎话。

如果进行公正审判，以此作为目击证言，效果就会变得很不明显。

“不过目击者就是目击者，也无法断定这就是谎言。

我就姑且先受理这件事吧。另外，根据状况，审议当天校方可能会要求佐仓出席并进行讨论吧。讨厌与人扯上关系的你，能办到这种事情吗？"

茶柱老师以试探性的话动摇佐仓。

不出所料，佐仓想象了当天的情况，脸色有点发青。

"如果你讨厌这样，那么退出也是一种办法。到时候请你事先告知参加审议的须藤。"

"没问题吗，佐仓同学？"

"嗯、嗯嗯……"

虽然她算是给了回复，可是很没自信。

她不仅要在众人面前作证，当天还要单独与须藤参加审议。

强迫她做这些，实在有点残酷……

"老师，我们也可以参加吗？"

栉田果然站出来了，她是为了要支持佐仓吧。

"只要须藤本人同意，那我就允许你们参加吧。但这不代表人数没有上限，校方最多允许两人同席。你们好好想想吧。"

随后我们被轰出教师办公室。回到教室后，我们向堀北说明了情况。

"茶柱老师的判断确实无可厚非呢。"

"对不起……我要是早点站出来的话……"

"局势确实多少会有些不同，不过也没有多大的差别。目击者是 D 班学生，真的很不走运。"

虽然不清楚这是不是堀北安慰人的方式，但她说得像是在袒护佐仓一样。

只要没出现大家都认可的目击者，就无法洗清须藤的冤屈吧。

"另外，栉田同学。当天你能让我和绫小路同学出席吗？我非常清楚你是佐仓同学的精神支柱，若要对事件展开讨论的话就另当别论了呢。"

"这……嗯，也对。我想我无法在这部分帮上忙。"

我本想插嘴说出"要是堀北跟栉田合作就完美了"这句话，可想了想还是作罢了。

正因为这不可能实现，所以她才指名我当替代角色吧。

"佐仓同学，这样没关系吧？"

"我……我明白了。"

虽然感觉她完全不赞同这样做，不过在这种场合，她也只能如此回答吧。

3

午休时我们在教室里开了作战会议。

堀北虽然不愿意参加，但在栉田的哀求之下，最后还是参加了。

她本人表示：只要先在芝麻小事上妥协，在之后的重要事情上，就能轻松拒绝对方。

可是你不管何时何地都会轻松拒绝别人吧？我虽如此想，但还是闭上了嘴。

"明天……我们能够洗清须藤同学的冤屈吗？"

"当然啊，栉田。因为我只是被他们陷害而已，当然会判无罪。对吧？"

他们两人几乎同时向堀北寻求意见。

堀北不知道是不想回答，还是觉得麻烦，她沉默地将面包送进嘴里。

"喂，堀北。怎么样嘛。"

不懂观察气氛的须藤探头窥视堀北。

"别用你的脏脸靠近我。"

"才……才不脏咧！"

须藤被意料之外的直白发言伤害，内心泛起波澜。

"对于能轻松证明你无罪的想法，我真觉得很不可思议呢。即使已经搜集到对抗他们的筹码，形势还是很不利。"

"知道真相的目击者，敌人过去的恶劣品性。光是这些就足够了啦。他们可是坏蛋欸。"

须藤一副事不关己的样子，自以为是地跷起二郎腿，点了两三次头。

"啊，喂，我还在看欸，还给我啦！"

"有什么关系，我也出了一半的钱。我之后再给你看啦。"

池跟山内互相争夺着漫画周刊杂志。他们刚才这么安静，原来是在看漫画啊。即使说自己没点数，每个星期却都能挤出买杂志的钱，还真厉害。

"咦……"

在我身旁的栉田在看着这副光景陷入了深思。

"难道说……"

"怎么了？"

"啊，不，没什么。我只是在想别的事。"

我不太清楚状况。栉田随后便拿出手机，开始查阅起什么。

4

回到宿舍的我，躺在床上呆呆看着电视。

这时收到了一封邮件。发件人是佐仓。

假如明天我向学校请假的话，请问事情会变得如何呢？

你这话是？

我简短回复，等待佐仓给我回音。

请问你现在正在做什么呢？

她回信给我了。我说我现在一个人在房间里。

如果可以的话，现在能和你见个面吗？我的房号是

一一零六。

希望……你可以对其他人保密。

我连续收到两封信件。不如说，这感觉比较类似于聊天室的对话。

她是何用意呢？我起身打算询问理由，不过操作到一半，我就停下手上的动作。还是不要贸然询问理由，要是她回复我"还是算了"，那我就很难去拜访她了。

我认为先直接见面会比较好，便再次操作手机，输入文字。

我大约五分钟后到。

我回完信，伸手准备拿外套，但还是放弃了。

反正是同栋宿舍，只穿衬衫也可以吧。我前往了佐仓告诉我的房间。

我还是第一次踏入上面的楼层……换句话说，就是女生的居住区。

由于校方并没有禁止男生进入，我即使去楼上，也不会有什么问题。实际上人生赢家都经常去楼上玩。

校方虽然允许这种比较自由的行为，但是规则上限制晚上八点过后进入。因为校方还是得禁止男学生半夜待在女生楼层吧。

我按下按钮，从下往上升的电梯停在这层。当我正打算走进电梯时，却不凑巧看见堀北在电梯里。

"……"

我不知为何无法动弹，一直站着。

巧遇好友，不知道这算是运气好，还是运气不好。

"怎么，你不上来吗？"

堀北看见一直站在门口不动的我，打算关上电梯门。

"啊，不。我要乘……"

虽然觉得很尴尬，我还是上了电梯，按下十一楼的按钮。十三楼的灯亮着原来堀北的房间是在十三楼。

该怎么说呢？我从身后感受到了奇怪的视线。

"你今天……回来得真晚啊。"

我无法继续忍受沉默，于是头也没回地同堀北搭话。

"因为我去买东西了，你没看见吗？"

后方传来塑胶袋的声音。

"话说回来，你都是自己做饭呢……"

电梯虽然一如往常地运作，但我觉得速度很慢。屏幕显示刚经过六楼。

问题并不是出在对象是堀北，而是被女孩子偷偷叫出来的这种状况。大概就是因为无法说出口，我才会这么不镇定吧？

"不是十楼吗？"

十楼？我对这未曾想过的层数感到有些疑惑。

"看来你不是去十楼呢。"

她究竟是抱着怎样的企图问我是不是要去十楼的呢？

"身为避事主义者，却陷得这么深，还真是积极呢。还是说你有什么别的目的吗？"

"你要是有话想说，不如就直说吧。"

堀北明显是在刺探消息。

"你不是要去见佐仓同学吗？"

"不，不是啊。"

我立刻予以否定搪塞她，但不知这对堀北奏不奏效。

"是吗？虽然你要去哪儿都与我无关。"

那你就别问嘛——我虽然很想这么说，但是还是把话放在心里好了。

经过很长的一段沉默，电梯终于抵达十一楼。我努力故作镇静，没有回头出了电梯。

"打扰了……"

"请进。"

佐仓穿着便服出来迎接我。

"你找我有什么事？"

"绫小路同学，你记得你之前对我说过的话吗？你说即使我是目击者，也没有义务站出来。还说勉强自己作证也没有意义。"

这是在特别教学大楼里偶然见到佐仓时的事。我轻轻点头。

"我……果然还是没有自信……"

"你是指在大家面前好好讲这件事吗?"

"我一直以来都办不到……我很害怕在大家面前说话……要是明天在老师们面前被问起那天的事情,我没有自信能够好好回答……所以……"

"所以你在想要不要跟学校请假。"

佐仓轻轻点头,丧气地将额头撞到桌子上。

"啊……讨厌,为什么我这么没用呀!"

她挥动着手脚,为自己感到羞耻。我第一次见到她这种模样。

"佐仓你其实是那种情绪高昂的人吧。"

感受到她这副模样与平时的差距,因此我有点傻眼,或者应该说是惊讶。

"咦!"

她本人也察觉到让人看见了丑态,满脸通红地摇着头。

"不……不是这样。不是这样的!"

她总是摆出一副闷闷不乐的脸,原来她也有这种表情啊。我都不知道。

"欸,我能问一个问题吗? 你为什么会向我搭话呢?"

不管是栉田也好,别的学生也好,还有其他更能设身处地陪她商量的人吧。

"因为绫小路同学你的眼神并不可怕……"

嗯? 这是什么意思? 虽然我觉得自己的眼神确实不

算可怕……

"如果要商量事情，栉田会为你设身处地着想哦。而且她朋友也很多。"

"啊，不是的。我并不是单指直接看上去的眼神。我指的是眼神深处……我只要看了对方的眼睛，就会隐约知道……不好意思，我没解释清楚。"

是因为我看起来很瘦弱并且没霸气吗？有点复杂。

"因为男人……看起来很温柔，有时候也会突然变得很恐怖……"

从女孩子的角度来看的话，或许男人很可怕这也没办法。不过佐仓却露出异常畏惧的表情。话说回来，上次去维修数码相机的时候，她也……

真要说的话，男女在体力上的差距的确非常明显。

一般来说，几乎不会有什么女孩子会在意、畏惧生活。

难道过去发生了什么让她害怕男人的事情？

我分析个什么劲儿呀。我对自己这副样子有点讨厌。

"我知道只要如实说出看见的事情就可以了。可是，我无论如何都无法想象自己能够做到……请问我该怎么做才能够态度积极地说话呢？"

佐仓无助到甚至来向我这种学生寻求救赎，想必她这几天一直都在烦恼吧。

她最终寻找到的救赎是我，足以说明她有多痛苦。

"如果你不想作证的话，我会帮你告诉他们。"

“你不会生气吗？”

“我一开始就说过了吧。强迫你作证不会有任何意义。”

佐仓虽然是宝贵的证人，但也无法作为确凿的证据。只要须藤无法获判无罪，实际上也可以说是影响不大。只不过，如果佐仓缺席的话，须藤会非常生气吧。

虽然到时必须想点办法哄哄他，办法也多得是。

“绫小路同学，你认为怎么做最好呢？”

“按照佐仓你自己的想法去做就可以了。”

或许她希望我给出具体的指示，很不巧，这种事情我办不到。

我并不是那种有资格指导他人的优秀者，而且这也不适合我。

“也是呢。突然被问这种事情，你也会困扰吧……我还真是没用。我就是因为这样，才会交不到朋友吧……”

佐仓像是对自己感到厌恶似的无力地垂下双肩，露出苦笑。

“如果是你的话，一定可以马上交到好朋友的。”

“完全不行……我连该如何跟人好好说话都不知道……绫小路同学你和各种人都很要好，我有点羡慕。”

“我这种人才完全……”

在佐仓来看，我有着许多朋友，看起来很开心。

"说这种话或许很冒昧，但我们已经是朋友了吧。"

我用手指先后指了自己与佐仓。

"我们是朋友吗?"

"你如果说不算的话，那或许真的就不算吧。"

"不……我很高兴……你能够这么说……"

佐仓不知所措地答道。

现在我了解到，人若是不好好地面对面说话，就无法看见对方的本质。今天得知佐仓那意想不到的另一面，令我非常惊讶。

只要能够好好表达自己的内心想法，她应该就能马上交到朋友。

真的只需要小小的改变就可以了。然而，这种小小的改变，对她而言也很困难吧。

在旁人看来微不足道的改变，要是换作自己，那就另当别论了。

"谢谢你今天能过来见我。"

"这没什么大不了的。这种小事，你随时都可以叫我。"

如果这么做能减轻佐仓的负担，也代表我自己是有价值的。

明天要不要来学校，就交给佐仓自己决定吧。

我想已经没事了，就站起来，打算离开。不过佐仓却好像还是没有精神。

"对了，你今天接下来有安排吗？"

"接下来吗？不，我并没有特别的安排。应该说，我一直都没有什么特别的安排。"

嗯……虽然我大致上也是这样，但是从别人口中听到这种台词，还是有点寂寞。

"那要不要出门走走？如果你不嫌麻烦的话。"

我决心邀请佐仓。

佐仓似乎一时间无法理解我的意思，忘却时间般的僵硬不动。

接着，她忽然毫无预兆地迅速站起。

"啊！"

佐仓的膝盖撞到桌子上了，痛得倒了下去。她的眼镜也飞了出去。

"感觉非常痛欸……你没事吧？"

"我……我没事！"

她的眼角泛出泪光，忍耐着剧痛。即使她这么说，也完全没有说服力。

我捡起飞出去的眼镜。这镜片果然没有度数。

我递出眼镜之后，佐仓就以颤抖的手收了下来。她向我道完谢，就再次戴上了眼镜。佐仓与痛楚奋战了大约一分钟，终于平静下来，恢复冷静。

"请……请问我们要去哪里呢？"

我不太清楚她的想法，只知道她在防备我。

难道我被她当成是在搭讪了吗……若是这样，那就不太好了。

"我没有想好具体要去哪里，就在附近闲逛一下吧？不过我也很讨厌热天气呢……"

正当我在烦恼该怎么办才好时，佐仓就客气地说道：

"如果可以的话……我有一个想去的地方……请问可以吗？"

"咦？好，当然可以。去你想去的地方更好。"

比起挑选地点，我也只是想换个气氛跟她聊天。

佐仓如果有想去的地方，那我也求之不得。

5

佐仓说有想去的地方，于是就带着我走。我们最后来到了一个意料之外的地点。

远离校舍有一栋专门为社团活动所准备的建筑。

她把我带到像是弓道社、茶道社等，带有和风感的地方。

稍远处，不时地会传来射箭的声音。

"你并没有在玩社团吧？"

"是的。不过我之前就很想来一次这种地方。可是假如是一个人的话，会很引人注目……"

如果独自在这附近闲晃，一定会被当作是对社团有兴趣的学生，而被人搭话。假如是一男一女行动，别人应该就会觉得他们只是在约会吧。

"请问你为什么会找我出来呢?"

"嗯?你问为什么呀。你这么正儿八经地问我,我也很难回答欸。"

我担心明天你是不是真的没问题——即使说出这种话,也只会让她不安。

"我觉得你要是能转换心情的话就好了。我也是个孤单少年,大致上都是独自一人,所以很多时候都待在房间里。有种不管怎样都会压抑自己的倾向。"

佐仓没有接受我这绞尽脑汁想出的回答,而是怀疑地问:

"绫小路同学,你不是有很多朋友吗?"

"有吗?比如说呢?"

"像是堀北同学、栉田同学、池同学、须藤同学、山内同学……"

她扳手指数了数,念出名字。

"刚才的那些人是……不,虽然的确算是朋友。但怎么说呢?我跟他们的关系并没有特别好。我觉得自己还是被排除在外的。从你的角度来看,我们感觉很要好吗?"

佐仓毫不犹豫地点头。佐仓这么说,或许就真是如此吧。

因为人无法看清楚自己的模样。

"我完全不知道交朋友的方法……所以很羡慕。像这样被绫小路同学说是朋友，也是第一次。"

"栉田呢？最早向你攀谈的不是她吗？"

佐仓很不好意思地笑了。

"是的。我改天也必须向栉田同学道歉。明明来找我说话、最先邀请我的都是栉田同学，但是我却始终没有勇气……我其实很想跟她在一起玩。可是怎么样也无法迈出第一步。我真是没出息。"

要是每个人都能自然地与他人相处，就不用这么辛苦了。

虽然堀北很瞧不起池和山内，但我再次深深感受到，能够自然地与陌生人接触，真的是一件很厉害的事情。

这也是个很了不起的才能。

"关于明天的事情，我能给你一个建议吗？"

我不打算说出"加油"这种激励她的话。

我认为佐仓只要能够去面对明天就可以了。

"为了须藤、为了栉田、为了班上的同学——你把这样想法全都丢掉吧。"

"咦？全部……都丢掉？"

"明天做证，是为了说出目击事件真相的'自己'。"

能够重视自己的人，只要将重视他人摆在第二位就好。然而，佐仓却还做不到好好珍视自己。

她有种独自背负痛楚、悲伤的倾向。

自己没有获得幸福的话，就不可能为别人带来幸福。

"为了自己而说出真相。而说出真相，将能拯救须藤。这样就够了。"

我不清楚会有多少效果。

也许只是毫无意义的建议。

不过，有谁能够关心自己，这一定是有价值的吧。

因为我自己就曾经渴望得不得了。

我也渴望有人能了解我一直以来孤军奋战的辛酸、痛苦。

"谢谢你，绫小路同学。"

佐仓的心中，一定多少会有些共鸣吧。

6

当晚，在栉田的号令之下，须藤之外的成员们都集合到了我的房间。

栉田虽然也邀请了堀北，但她却没有参加。

"有什么进展吗，小栉田？"

"要说进展，确实也有进展。我发现了惊人的事实。绫小路同学，你可以借我用下电脑吗？"

我点头说好，栉田就开启了宿舍设置的台式电脑，连接网络。

"看看这个！"

栉田打开的网页不知道是谁的博客。连样式都下了

功夫，与其说是个人制作，不如说是专业人员经手过的
那种正式网页。

"咦，这张照片不是霖吗？"

"霖？"

"她是平面写真偶像啦。不久前刚在少年杂志上出
现过呢。"

博客上放了几张她自己上传的照片。真不愧是平面
写真偶像，她无论长相、身材都无可挑剔。

"你们不觉得这个女孩很眼熟吗？"

"要说眼熟，她不就是霖吗？"

"你仔细看。"

栅田放大了偶像霖的脸庞。池目不转睛地看完
之后……

"好可爱。"

"不是啦！这不就是佐仓同学吗？"

"小栅田，你说谁是谁呀？"

"她跟我们同班的佐仓同学。"

"咦？不不，佐仓是……不不不，这不可能吧。"

池笑道。另一方面，池旁边的山内，表情却逐渐僵
硬起来。

"欸，池……我冷静一看，她真的有点像佐仓欸……"

"可是她没有戴眼镜呀？而且发型也不一样。"

"这种记忆方式实在是太单细胞了吧……"

乍看上去我并没联想到，但她无疑就是佐仓。

池还是没办法将两者联想起来，来回走动、看着画面。

"那个佐仓就是霖……这是骗人的吧。虽然气质有点像，但她们是不一样的人啦。因为霖可是非常开朗的欸！对吧，绫小路。"

上传的照片不论哪张都拍得很可爱，看得出来她习惯自拍。

不过，我却发现了能够佐证佐仓与偶像霖就是同一个人的证据。

"不，就如栉田所说的，她就是佐仓没错。看这里。"

我指着上传的其中一张照片。

"虽然只有一点点，但拍到了宿舍房间的门。"

"就和这栋宿舍的门是一样的呢。"

换句话说，这张照片有很高的概率是在宿舍房间里拍摄的。

"这么说佐仓果然就是霖啊……我的脑筋还无法完全转过来。"

"真亏你能发现啊，栉田。"

经她这么一说，虽然发现她们的气质相同，但是没有提示的话也想不到。

"我是看见池同学他们看的周刊杂志才想起来的呢。因为我隐约记得在哪里见过佐仓同学。"

"我们班居然会有平面写真偶像！真是令人兴奋！"

池无法压抑内心狂喜，超级激动。我认为栉田此时一定傻眼了吧。但栉田太温柔，不会让他感觉到吧。

"不过我记得霖开始走红之后，就突然消失踪影了欸。"

佐仓作为偶像进行活动的同时，在学校则是不起眼的安静学生。

造成她生活得像是硬币正反面般截然不同的原因，究竟是什么呢？

将近晚上九点，是时候该解散了。于是我目送大家到玄关。

"栉田，我有些话想对你说，你可以留下来吗？"

"嗯？有话想说？好呀。"

"喂！绫小路！你打算说什么啊！该不会是……"

"不可能不可能。"我用手予以否定并如此说道。同时告诉池，我只不过是要说佐仓的事情。不过他却不相信，并且凑到我耳边低语。你不要这么怀疑我嘛……

"你没骗我吧？你要是告白的话，我可不会原谅你哦！"

我怎么可能告白啊……说到底，即使我向她告白，也一定会被她秒拒。

"没骗你啦。你要是这么在意的话就在走廊等吧，我很快就会说完。"

"我等着。"池这么回答，决定要守候栉田，威风凛凛地伫立在门前。

我将男生们叫出去之后，就把今天与佐仓的互动告诉栉田。

"这样呀，佐仓竟然会……"

"刚才知道那家伙在当偶像时，我虽然很惊讶，但也能理解。我在想，她真正的面貌是不是在另一边。"

我并没有直接说出来，可是我认为佐仓和栉田都同样是拥有双面性格的学生。

栉田听我说完后，却说出了与我完全不一样的结论。

"佐仓同学……在当偶像时的面貌，大概是假的吧。嗯……用'假的'来表达或许有点不对。我觉得她是借化装，制造出另一种人格呢。"

"化装……换句话说，就是戴着面具吗？"

"嗯。佐仓同学是借由自我催眠，才能在别人面前摆出笑容吧。"

不知为何，这句话由栉田讲起来格外有说服力。

我隐约觉得如果是现在的话，说不定可以问出栉田上次在电话里讲到一半的那件事。

"上次在电话里，你原本打算跟我说什么啊？"

栉田的肩膀忽然轻轻震了一下。代表她无须回想，也记得那件事。

"下次再说吧。现在解决须藤同学的事件才是最重要的。电话里的那件事是我私人的请求。"

"私人的请求？"

这句话虽然有点吸引人，但是栉田会有什么需要拜托我的事情呢？

不是我妄自菲薄，但不会有什么东西是我有，而栉田却没有的。无论是学习成绩还是人气。

"抱歉。用这种说法的话只会令你更在意吧。"

栉田苦笑，双手合十道歉。

"那么，我们就等须藤的事情顺利解决之后再说，可以吧？"

"嗯，可以的。"

她转身背对我，握着玄关的门把。

但她在原地停下了动作，好一阵子一动也不动。

栉田背对着我，因此我无法窥视她的表情。

"栉田？"

她的样子有点奇怪，于是我便叫了她。栉田回过头之后，就缩短了和我之间的距离。她踮起脚尖，腾空脚跟，将手贴在我的胸前，嘴巴朝我的耳边靠了过来。

"如果绫小路同学你愿意倾听我的诉求……我就把我重要的东西给你。"

这是魔女的耳语。她身上散发着一股会一把抓住我的心脏般，既甘甜又危险的香味。

我无从判断栉田低语时的表情是满面笑容，还是只是浅浅地笑着。

我唯一确切知道的，就是栉田才不是什么天使。

关于栉田，我自认为对她有一定的了解。

人无论是谁都会有双面性格，而栉田只是这部分比别人都还强烈。

现在我眼前的栉田，却让我感受到不寒而栗。

她到底有何目的？抱着什么想法行动？这名叫作栉田桔梗的女孩子，真正的她究竟在哪里？我完全无法看清。她的反差之大，甚至让我怀疑这是不是双重人格。栉田与我拉开距离后，就变回总是露出温柔微笑的那个她。玄关的门一打开，焦急等待的池便向她搭话。回话的栉田身上，也已经丝毫感受不到刚刚的氛围。

7

大家回去后，我就坐到电脑前面，看着佐仓爱里……平面写真偶像霖的博客。我往回看了霖过去的博客内容，她是约莫两年前开始写博客的。

正好就是佐仓作为平面写真偶像开始活动的时间点。上头写着今后的想法及抱负，看不出有什么特别之处。

作为参考，我也比较了其他偶像们的博客，不过大致上类似。

初中二年级学生首次出道，会是怎么样的心情呢？

接下来的一年中，她几乎三百六十五天都持续更新着博客，撰写当天发生的事情，或者自己的感受。对于粉丝的留言，她也几乎每一封都回复了。

自从来到这所学校，她确实就没有再回复留言了。

她严守着不和外界联络的规定。

虽说她不太出现在公众场合，但佐仓的人气比我想象得还高。

推特的粉丝也超过了五千人。

上面多半是希望她赶快回到平面杂志上的留言，抑或是询问她有没有打算上电视的留言。

在这之中，我的目光不禁被三个月前的某条留言给吸引住。

"你相信命运吗？我相信哦。从今以后，我们要永远在一起。"

如果只是这样，那也不过是粉丝的痴心妄想。

然而，对方每天都会像这样留言，变本加厉。

"我一直都觉得我们很贴近。"

"今天你又更可爱了呢。"

"你发现我们对上眼神了吗？我发现了哦。"

上面罗列着本人看了就会恐惧的文字。

对方的这些留言，简直就像是在说自己就在霖的身边。这只是我的错觉吗?

在这所封闭的学校之中,能够与佐仓接触的人非常有限。

学生、教师或者……进出学校的相关工作人员。

让我联想到了家电量贩店的那个店员。

我找到上周日的留言,令人毛骨悚然。我确信就是他了。

"你看,神果然是存在的。"

虽然这只是我的猜想,佐仓开学之后就为了购买数码相机而前往量贩店。身为名人的她,当然也变装了。可是,对粉丝而言变装并没有意义。那名店员在那时察觉到了佐仓的真实身份。

不过,这个阶段他们当然几乎没有交集。佐仓却遭遇数码相机故障的意外。对于喜欢相机的她而言,是无法舍弃数码相机的。在 D 班这种状况下,她也不可能重新买台新相机。可是只要送修就必然会撞见那名店员。

因此那天,她才会一开始对送修感到犹豫,毕竟在柜台的就是那名店员。另一方面,那名店员应该很兴奋才对。因为借由登记个人信息,可能得知自己最喜欢的偶像的真名,甚至是电话号码。

这件事情和那天晚上佐仓打电话给我也有所关联。

只要这么想一切就很合理了。

我从众多的留言当中,寻找感觉是那家伙所写的后续文章。

"无视我岂不是太过分了吗？还是说，你没有发现呢？"

"你现在在做什么？好想见你，好想见你，好想见你。"

危险的留言一个个出现。当然，看着这些留言的其他粉丝，应该只会单纯觉得很恶心吧。但佐仓应该就不同了。

她觉得这份超乎想象的恐惧感就近在咫尺，因此很害怕吧。

不过佐仓在我们面前却隐瞒了这件事，作为目击者打算拼命与学校、C班战斗。她明明就很害怕这个男人，甚至连出宿舍都很犹豫。

既然同样身处学校，发生什么也不奇怪。

可是，现在几乎没有能够解决问题的办法。

没有那种一两天内就能解决跟踪狂问题的策略。

除了等她自己发出求救信号之外，现在似乎没有能够采取的手段了。

真实与谎言

今天是决定命运的一天。我首先确认了佐仓有没有来上课。

踏进教室后，展现在我眼前的便是一如往常的光景。佐仓掺杂在同学们的对话之中，独自一人静静地坐在位子上。

虽然她的表情比平常更加阴沉，但总而言之，她还是来到了学校。

"没事吧？"

"啊，嗯……我没事。"

佐仓很紧张。虽然有点不沉着，但还算是冷静。

"我要是今天请了假，事情就糟糕了……"

正因为明白请假会让整个班级都很困扰，她才会在煎熬之中做出来上课的决定。

要她别去顾虑须藤他们，再怎么说也没用。

"别忘记我昨天说过的话哦。最重要的是你得为了自己而出面作证。"

"嗯，我没事。"

池和山内他们对佐仓投以好奇的眼光。

当然，这毫无疑问是因为他们知道佐仓的真面目是偶像。即使近期内不采取任何行动，佐仓恐怕也会敏感地察觉到池他们发现了自己的真面目。

不对……佐仓浅浅地笑着，微微张嘴说着"没关系"。

佐仓已经发现我们知道她是偶像的事情了。

或许这是来自当偶像时的经验，她才会敏感地察觉到难以言喻的细微变化。

1

在宣告放学的铃声响起的同时我和堀北从位子上站了起来。

"须藤同学，你做好心理准备了吗？"

"嗯……做好了。我打从一开始就做好准备了。"

须藤正在集中自己的注意力。他闭着眼，双手抱胸，并一动也不动，接着缓缓睁开双眼。

"虽然被你狠狠地瞧不起了一番，但我就是我。想说的话，我都会清楚地说出来。"

"随你便。反正即使我在这里阻止你，你也不会乖到听我的话吧？"

"哼，你这女人总是一副自以为是的样子。"

虽然看起来他们的关系感觉非常差，但至少须藤并不讨厌堀北。

若不是这样，即使会让局势变得有利，他也绝对会拒绝与堀北同席。

"加油哟，堀北同学、须藤同学。"

堀北没有回应，须藤则简单摆出胜利姿势来回应。

"你没问题吧，佐仓？"

我和坐在椅子上僵硬不动的佐仓搭话。她微微颤抖双唇，站了起来。

"嗯……没问题。谢谢……"

佐仓的紧张程度比我想象中还严重。会议明明还没开始，在这种心理状态之下，她说不定都没办法好好说话。

"走吧。要是迟到的话，给校方的印象会很差呢。"

对话将于四点开始。

现在已经三点五十分了。确实不能再拖拖拉拉了。

我们四个人往教师办公室走去，结果看见一名老师挥着手迎接我们。

"哈啰，D班的各位你们好！"

爽朗向我们搭话的人，是B班的班主任星之宫老师。

"听说事情好像闹得很大呢。"

老师事不关己般（实际上确实如此），开心的双眼闪闪发亮。

"你又在打什么主意？"

"哎呀，这么快就被你发现了吗？"

茶柱老师一边瞪着她，一边从教师办公室里走出来。

"因为你会偷偷摸摸溜出去，大多是心里有愧于我的时候。"

"穿帮了呀?"星之宫老师可爱地眨眨眼说道。

"我不能一起参加吗?"

"当然不行啊。就如同你所知道的,旁人无法参加。"

"真可惜。算了,反正只要再过一个小时,结果就会出炉吧。"

茶柱老师把星之宫老师强行推进教师办公室。

"我们走吧。"

"不是在教师办公室里举行吗?"

"当然。这所学校有着复杂的校规,但像这个案例,则将在问题班级的班主任,以及事件当事人,还有学生会之间作了结。"

堀北在听见"学生会"这个词的瞬间停下了脚步。茶柱老师回过头,以锐利的眼神窥视堀北的脸庞。

"想放弃的话就趁现在吧,堀北。"

须藤不知道内情,头上浮现了一个问号。

这个老师每一次都会在最后关头才告诉我们最重要的事。

"我会去的。"

堀北瞥了我一眼,意思是"别做多余的担心"吧。

我们从教师办公室所在的一楼,往上爬了三层楼梯,那间办公室就在四楼。

教室的门口插着一张"学生会办公室"的标牌。

茶柱老师敲了敲学生会办公室的门,随后迈步走了进去。堀北有点退缩，但还是立刻跟着老师进去了。

学生会办公室中放置着长桌，并排成了一圈长方形。

C班的三名学生已经抵达办公室，坐在座位上。

他们旁边坐着一名戴着眼镜，看起来年纪在三十岁左右的男性老师。

"我们来晚了。"

"现在还没到时间，别介意。"

"你们见过吗？"

我和堀北、须藤，全都不认识这名老师。

"他是C班的班主任，坂上老师。接着……"

老师将我们的目光集中到坐在办公室最里面的一名男学生。

"他是我们学校的学生会会长。"

堀北的哥哥看也没看自己的妹妹一眼，一直翻阅着放在桌上的文件。

她把目光投向哥哥，但发现自己不受理睬后便垂下了眼帘，在C班学生对面坐下。

"关于上次发生的暴力事件，接下来我们将开始举行学生会与事件关系者，以及班主任之间的相互诘问。会议将由我——学生会书记橘来主持。"

留着一头短发的橘书记说完，简单点头示意。

"没想到学生会会长居然会特地前来处理这种小规模的纠纷。还真是稀奇啊。平常多半只有橘会过来。"

　　"由于平时事务繁忙，有些议题虽然我并没有参与，但原则上我到场会较为理想。再说校方也向我托付了学生会的事务。"

　　"也就是说，这只不过是个偶然吗？"

　　茶柱老师露出意有所指的笑容，但堀北的哥哥却丝毫没有动摇。

　　反之，堀北……身为妹妹的这个堀北，就算了解状况，依然藏不住内心的动摇。

　　局势完全不会因为他们是兄妹而变得有利。倒不如说，这种堀北无法发挥平时水平的状况，非常不利。

　　这无论对我还是对堀北来说，无疑都是意料之外的事。只要在校园里，就算不去刻意打听，也还是会听到有关眼前这名学生会会长的事迹。当然是因为他隶属 A 班，一开学就担任学生会的书记。接着还在一年级那年的十二月，学生会选举中获得压倒性支持，就任学生会会长。高年级学生想必也有许多不满，不过这也全都被他给摆平了。这一切都说明了他的实力。

　　橘书记向双方浅显易懂地解释事件概要。虽然事到如今也不必说明了。

　　"根据上述原委，我们希望能够查明哪一方的主张才是真的。"

　　结束说明的橘书记，一说完开场白之后，就看向了我们 D 班。

"篮球社的小宫同学他们两人主张自己是被须藤同学你叫到特别教学大楼，在那里单方面遭受你的挑衅、殴打。请问这是真的吗？"

"那些家伙说的都是假的，被叫去特别教学大楼的人是我啦。"

须藤刻不容缓地否定。

"那么须藤同学，你能说下事实吗？"

"我那天结束社团活动的训练后，就被小宫跟近藤叫去了特别教学大楼。虽然很麻烦，但我对那些家伙平时的态度就很火大，所以才会过去赴约。"

对于须藤口无遮拦的说话态度，如果是在一般情况下，堀北会非常吃惊。然而不知她是否在听，完全一动也不动。C班班主任则瞪大了双眼。

"这是假的。是我们被须藤叫出来，才会去特别教学大楼。"

"别闹了，小宫。明明就是你把我叫出来的吧！"

"我可不记得。"

须藤太过焦躁，忍不住出手敲桌。寂静瞬间降临。

"须藤同学，请你冷静下来。我们现在只是在听双方的说法。小宫同学，也请你自制中途插嘴的行为。"

"哼，我知道啦……"

"双方都主张自己被对方叫出来，因此说法并不一致。不过也有共通点呢。须藤同学与小宫同学、近藤同学之间发生过争执，对吧？"

"与其说是争执，不如说是须藤同学总是来找我们麻烦。"

"找麻烦是指？"

"他比我们擅长打篮球，会过来跟我们炫耀。虽然我们也不服输地拼命训练，他却瞧不起我们的这份努力。我们很不开心，因此经常发生冲突。"

虽然我不清楚社团活动的具体情况，不过看见须藤气得脸爆青筋，就知道对方明显混入了编造的谎言。橘书记随后也向须藤问话。

"小宫说的话没半句是真的。那些家伙在嫉妒我的才能啦。我在默默训练的时候，他们也一天到晚来妨碍我。"

当然，无论哪一方的意见都彼此不相符。他们一直在主张是对方的错。

"双方说词不符，那么这样下去，就不得不以现有的证据来做判断了呢。"

"我们被须藤同学打得七零八落，还是单方面地被殴打。"

看来C班果然打算将受伤这件事带到谈判的中心。

三人的脸上都有着被殴打过后的淤青。这部分是毋庸置疑的事实。

"这也是骗人的！是你们先来动手的。我是正当防卫啦！"

"喂，堀北。"

我呼唤低头静止不动无法做出发言的堀北。老实说这种情况非常糟糕，我们现在应该阻止失控的须藤，不赶紧采取行动的话就太迟了。

可是，她却没有任何反应，心不在焉。真没想到堀北哥哥在场，竟然会对堀北造成这么大的影响。我的脑海中闪过之前他们在宿舍后方说话时的情景。虽然我不了解详情，但是我觉得追赶优秀的哥哥，还来到跟哥哥同一所学校的堀北，很希望自己的实力能够获得哥哥的肯定。

然而，被分到 D 班的妹妹，她的实力以及想法，与身处 A 班并任职学生会会长的哥哥之间的距离非常遥远。堀北的想法并没有传达给她的哥哥。

她为了证明自己的实力，不得不进入同一个战场。

"如果 D 班没有新的证词，那就这样继续进行下去了。请问可以吗？"

要是就这样维持沉默，不管是学生会还是老师们，想必就会做出无情的裁决吧。

为了不让事情变成这样，堀北必须振作精神。

可是最关键的堀北，却在哥哥面前畏缩蜷着身子。

"看来已经没有争辩的必要了。"

沉默的学生会会长在此初次开口。

堀北的哥哥已经打算做出结论。

"无论是哪一方把对方叫出来，从伤口的情况来看，须藤单方面殴打对方的事实也很明显。也只能以这点作为根据，来得出答案了吧。"

"等……等等啊！我不接受！这只是因为那些家伙都是小喽啰啊！"

对于须藤为了辩白而说出的这句话，我看见坂上老师一瞬间露出了微笑。

"面对有着实力差距的对手，你还主张是正当防卫？"

"什……什么嘛，对方可是有三个人欸，三个人！"

"但是实际上受伤的却只有 C 班的学生。"

这样下去就真的糟了。我抱着之后会被杀掉的觉悟，缓缓从折叠椅上站起，并走到堀北身后。接着，我狠下心把手伸向她两边，一把抓住侧腹。

"呀！"

堀北发出了平时绝对无法听见的很女孩子的叫声。

不过现在并不是该对这种事情感到稀奇的时候。我想既然她还没恢复正常，于是……就加强了按在她侧腹上的手指力道，就像是瘙痒般地移动着手指。

"等……做什……住……住手！"

不管她的内心有多么动摇，状态有多么恍惚，只要给予身体强烈的刺激，即使不愿意她也会恢复清醒。老师们好像一脸错愕，可是这种时候已经不能在意面子了。我认为已经够了就把双手移开。

堀北看起来就快哭出来了，但还是狠狠地瞪着我。

虽然手段很强硬，但是这样能当作堀北已经回到平时的她了吧。

"堀北，振作点。你要是不迎战，这样下去我们就要输了。"

"唔……"

堀北终于理解情势，依序看了C班学生、老师，以及她哥哥一眼。

接着意识到我们现在身处的这个穷途末路的危机。

"失礼了。请问能不能让我问一个问题呢？"

"请问可以吗，会长？"

"我允许。不过，请你下次早点答话。"

堀北慢慢拉开椅子，站了起来。

"刚才你们说自己被须藤同学叫去特别教学大楼。请问须藤同学究竟是跟谁说，用什么理由把你们叫出来的呢？"

"事到如今为什么要问这种问题？"小宫他们如此说完，便彼此互看。

"请你们回答。"

堀北添上这一句话追问道。橘书记也对此表示同意。

"我不知道他叫我和近藤出去的理由。只不过，当我们结束社团活动正在换衣服时，他就过来对我们说

'等一下过来见个面'……像是看我们不顺眼的这种理由吧。请问这又怎么了吗?"

"那么，请问为什么石崎同学也在特别教学大楼呢? 他又不是篮球社社员，照理说与他无关。我认为他在场很不正常。"

"这是……为了以防万一。因为有传言说须藤同学有暴力倾向，他的体格又比我们壮。不行吗?"

"你的意思是自己说不定会被对方施暴?"

"是的。"

C班学生对答流畅，像是料到会被问到这种问题一样。

针对这场会议，C班他们自己也确实思考了对策。

"原来如此。所以你们才会把初中时期擅长打架的石崎同学带去当保镖呢。为了能在紧急时刻对抗须藤。"

"这只是为了保护自身安全。再说，我们也不知道石崎同学以擅长打架出名。我们只是觉得他是个值得依靠的朋友，所以才会带他过去。"

堀北也做了各式各样的个人模拟练习，冷静地聆听着。

她随即使出下一个招式。

"即使不多，但我也略有习武的经验。正因如此，我知道当我们在面对两人以上的敌人时，战斗难度将成倍增加。你们有打架很厉害的石崎同学陪同，因此我无法接受你们单方面遭受殴打一事。"

"这是因为我们并没有想打架。"

"客观来看，打架的主要原因是自己与对手的'能量'互相碰撞，超出了对峙的那段距离。这种时候，才会发展到打架的地步。在对手没有战斗意志，或者不做抵抗的情况下，照理说，你们三个人会伤到这种程度的概率非常低。"

堀北的想法都是依据客观事实判断，有理有据。

对此，小宫他们则以实际的证据作为武器来反击。

"这种一般想法不适用于须藤同学。他非常暴力，就算我们没有抵抗，他还是毫不留情地前来施暴。这就是证据！"

他撕下贴在脸颊上的纱布，露出破皮的伤口。

无论堀北再怎么巧妙分析条理，这伤口作为证据也太有说服力了。

"D班的陈述就到此结束了吗？"

堀北的哥哥默默听着堀北的论述，说出一句冷淡的话。

他的眼神仿佛诉说着如果是这样，那你还不如一开始就不要说。

"须藤同学打伤对方是事实，可是先动手打人的是C班。有学生从头到尾目击了一切。"

"那么，请将D班所说的目击者带入办公室里。"

　　佐仓踏入学生会办公室，她看起来很不安，很不冷静，双眼一直盯着脚边，真让人担心。

　　"她是一年 D 班的佐仓爱里同学。"

　　"我还在想目击者是怎么回事，原来是 D 班的学生啊。"

　　C 班班主任坂上老师擦拭着眼镜，不禁笑出声来。

　　"坂上老师，请问您有什么问题吗？"

　　"没有没有，请继续。"

　　坂上老师与茶柱老师彼此互看了一眼。

　　"那么能不能麻烦你说出证词呢，佐仓同学？"

　　"好……好的……我……"

　　她的话停了下来。

　　接着，时间在寂静中流逝。

　　十秒、二十秒过去。佐仓的头越来越低，脸色变得很差，逐渐发白。

　　"佐仓同学……"

　　堀北也忍不住呼唤佐仓。可是她如同刚才的堀北，听不进任何人的声音。

　　"看来她不是目击者呢，再这样下去也只是浪费时间。"

　　"您在急什么呢，坂上老师？"

　　"我当然着急。这种无意义的事情，可正在让我的学生痛苦哦！他们是班上的开心果，因为这件事而让许多伙伴担心，心里十分过意不去。再说，他们也一心一意地刻苦练习篮球。这段珍贵的时间却正在被人剥夺。身为班主任，我当然不能视而不见呢。"

"也是呢，或许真是如此。"

我还以为茶柱老师会站在我们 D 班这一方，但好像并非如此。

她听了坂上老师的说辞，便同意地点了点头。

"这样下去也只是浪费时间。你可以退下了，佐仓。"

茶柱老师吩咐佐仓离开。

学生会的人也希望别耽搁时间，因此并没有阻止。

学生会办公室之中已经充斥着 D 班败北的氛围。

佐仓懊悔着自己的懦弱，忍不住紧紧闭上双眼。

我和须藤以及堀北，都觉得佐仓应该没办法作证了，准备要放弃。

而就在这个时候，学生会办公室响彻了意想不到的声音。

"我确实看见了！"

我想大家必须花上几秒，才能认出这是佐仓的声音。

因为她奋力挤出的这句话，有足以让人意外的音量。

"是 C 班同学先动手打须藤同学的！这并没有错！"

或许是佐仓一开始给人的印象与现在的差距很大，使她说出的话异常有分量。

这种分量会让人觉得——既然她都这么拼命说了，那这应该就是真的。

然而，这效果宛如在短时间内发挥作用的那种魔法。

只要冷静对应的话，没有这么难看穿。

"不好意思，请问能否让我发言呢？"

迅速举起手的人，是坂上老师。

"我了解身为老师要尽量避免插嘴，但我觉得现在这状况学生实在太可怜了。学生会会长，可以吗？"

"可以。"

"你是佐仓同学对吧？我不是在怀疑你，不过我还是要问你一个问题。作为目击证人，你很晚才站出来，这是为什么呢？假如你真的看见了，应该一开始就站出来才对。"

坂上老师和茶柱老师同样都在这点上面做了追问。

"这是……因为我不想被牵扯进来……"

"为什么不想被牵扯进来？"

"因为，我不擅长跟人说话……"

"原来如此，我明白了。那么我再问一个问题。不擅长跟人说话的你，上周一结束，就站出来当目击者，这样不是很不自然吗？只会像是 D 班串通口径，来让你说出假的目击证词。"

C 班的学生们也配合着说："我们也这么认为。"

"怎么能这样……我只是把真相给……"

　　"不论你再怎么不擅长说话，我也不认为你是抱着自信作证。你会这样，不就是因为说谎而受到罪恶感苛责吗？"

　　"不……不是的……"

　　"我并不是在责备你哦。你恐怕是为了班级、为了拯救须藤同学，才会被迫撒谎吧？假如你现在老实坦白，就不会受到惩罚哦。"

　　对方对佐仓发起死缠烂打的心理攻击。堀北实在无法坐视不管，举起了手。

　　"不是这样的。佐仓同学确实不是一个擅长说话的人。正因为她是真的目击者，才愿意像这样站在这里。若非如此，即使我们拜托她，她也一定不会出面。只要能够威风凛凛发言就可以的话，您难道不认为我们也能找其他人吗？"

　　"我不这么认为呢。D班也有优秀的学生。比如堀北同学你这种人。你是想借由佐仓同学这种不善言辞的人，来让'她就是真正的目击者'具有真实感，不是吗？"

　　坂上老师恐怕不是真的这么想的吧。他只是确信不管什么事情，只要找个理由，就能阻止我们的下一步行动。

　　就如同我当初所感觉到的，D班目击者的这个存在，无论如何都欠缺说服力。

　　无论再怎么陈述事实，对方都会说我们是在袒护自己人、是在说谎。

　　这代表我们自己人的证词，不会被人当作一回事且不会被接受。

　　已经无计可施了吗……坂上老师无畏地露出微笑，正打算落座……

　　"证据的话……我有！"

　　这时坂上老师听见佐仓的申诉，腰悬在半空中。

　　"别再逞强了。如果真的有证据，就早一点拿出来……"

　　碰！佐仓把手掌拍到桌面上。

　　上面放着许多如长方形纸片的东西。

　　"这是……"

　　证物的出现，让坂上老师的表情初次变得僵硬了。

　　"这是当天我身处特别教学大楼的证据！"

　　橘书记走到佐仓身旁，简单打声招呼后，便把手伸向那些纸片。

　　不对，我以为是纸的那些东西，其实是好几张照片。

　　"会长……"

　　橘书记看完照片，接着把它们交给学生会会长。堀北的哥哥看了一会儿照片，将它们排在桌上，让我们也可以看见。这些照片上面的人物露出了非常可爱的表情，与现在的佐仓完全不像。这是偶像霖。

"我那天……为了自拍，专门去找没有人烟的地方。照片上面也印有拍摄日期作为证据！"

日期确实是上上周五的傍晚，那是须藤他们结束社团活动的那段时间。我和堀北面对初次见到的证据，都不由得屏住了呼吸。

迄今都一直假装自己只是受害者的三名 C 班学生，态度也开始出现变化。

明显看得出来内心在动摇。

"这是用什么拍摄的呢？"

"数码……相机……"

"我记得数码相机能轻易变更日期。只要在电脑上修改日期再打印出来，就能重现事件当时的那段时间。作为证据，并没有说服力。"

"不过，坂上老师。我认为这张照片就不一样了哦。"

堀北的哥哥把一张叠在下面看不见的照片挑了出来。

"这……这是！"

恰巧在最佳时机下捕捉到的打架照片，就在这里。

这张照片中是染上暮色的校舍以及走廊，还有须藤刚揍完石崎的现场。

"这样……我想大家应该能相信我当时在场。"

"谢谢你，佐仓同学。"

对于这张照片的出现，堀北打从心底觉得自己获得了救赎。

这么一来，就能摆脱这压倒性的不利局面……

"原来如此，看来你真的在现场。我也只能认了。可是，这张照片无法得知哪一方先动的手。这也无法成为你有从头看到尾的确凿证据。"

这确实是打架已经结束后的时间点。

无法成为解决纠纷的关键证据。

"茶柱老师，要不要在此寻求折中方案呢？"

"折中方案吗？"

"我有把握须藤同学这次做了伪证。"

"你这家伙！"

须藤准备扑上去，腰也已腾在半空中，我抓住他的手臂并制止了他。

"这场讨论不管持续到何时，想必都会是两条平行线。我们不会改变证词，而你们那方也不会放弃目击者的证词。换句话说，我们都不停地在一来一往说是对方撒谎。这张照片要作为决定性证据的话，说服力也很弱……因此，以下是折中方案。我认为C班学生多少也有点责任。由于我方有三个人，而且有一个人有着打架前科，所以，给须藤同学停学两周，而C班的学生们停学一周的处分，这样如何？惩罚的轻重，取决于有无伤及对方。"

堀北的哥哥默默地听着坂上老师的发言。

这也能说是C班同意做出一半的让步。

要是没有佐仓的证言及证据，须藤恐怕会停学一个月以上。

惩罚若能低于一半，那也能说是相当大的让步。

"别闹了！喂！开什么玩笑！"

"茶柱老师，您怎么想呢？"

坂上老师完全不理会须藤，继续问道。

"看来已经得出结论了吧，我没有理由拒绝坂上老师您的提议。"

以折中方案来说，确实无可挑剔。堀北抬头看了天花板一眼，冷静地认清事情只能到此为止。再怎么抵抗、挣扎，只要证据没有百分之百的说服力，就无法获判无罪。堀北一开始就很清楚这点，判断出折中方案了。作为D班的学生，堀北真的很了不起。

然而，作为以A班为目标的学生，她若打算在这里放弃的话，就不及格了。

我原本打算到最后都不作发言，但我现在决定要帮点小忙。

也算是我对佐仓展现勇气所表示的敬意吧。

"堀北，真的已经没有办法了吗？"

"……"

她没有回话。不，她连能回应的话都没有。

"我脑袋不好，完全想不出解决方案。岂止如此，我还认为应该接受坂上老师提出的折中方案。"

"是吧？"坂上老师说道，浅浅一笑，扶了扶眼镜。

"我们根本就不可能有证据能够佐证须藤无罪。不对，因为证据完全不存在。假如这是发生在教室或者便利商店里的话，就会有更多学生看见，也说不定就会有确凿的证据。但事件发生在没有人，也没有设备的特别教学大楼，这也无可奈何。"

"唉。"我叹了口气并左右摇头。

堀北往我这里看来。我直视她的双眼，接着总结。

"经过谈话，你也懂了吧。无论再怎么申诉C班也不会承认这是谎言。而须藤也不会承认说谎。这种事不管再怎么进行都会是两条平行线。我甚至觉得要是一开始没进行谈话就好了。你不这么认为吗？"

堀北将视线往下移，低下了头。堀北会怎么解读我所说的话呢？

假如她只按照字面上理解，那一切就到此为止了。这样也好。

"够了吧？那么代表D班的堀北同学，请你说出你的意见。"

坂上老师照字面意思理解了我的话。换句话说，他把它视为战败宣言。在C班看来，只要别让须藤获判无罪，那他们就赢了。他脸上浮出胜负已分的从容表情。

"我知道了……"

堀北回答道，并慢慢抬起头。

"堀北！"

须藤喊道。这是个比起谁都不愿意承认，甚至无法承认败北的男人所发出的怒吼。

然而，堀北却没有停下来，继续说着自己的结论。

"我认为引起这次事件的须藤同学有着很大的问题。那是因为他完全没有去思考自己平时的所作所为，以及对周遭所造成的困扰。他有着一天到晚打架的经历，也有着只要有什么不满就马上大吼，诉诸暴力的性格。这种人要是引起了骚动，最后会导致这样的结果也是意料之中的。"

"你……你这家伙！"

"你的这种态度，就是引起这一切的元凶。"

堀北就像是要盖过须藤一样，以更强的气魄瞪着须藤。

"因此，我从最开始就对拯救须藤同学的事情很消极。我很清楚即使这次勉强伸出援手，他之后也还是会毫不在乎地重复这种事情。"

"难为你老实回答了，那事情就解决了呢。"

"谢谢你。请就座。"

橘书记催促着堀北。寂静瞬间降临。须藤则发出很焦躁的呻吟。

然而，我们等了五秒、十秒，堀北也没有坐回位子上。

"没关系，你可以就座了哟。"

橘书记心想她可能没听见，又说了一遍。

即使如此堀北还是没坐下，并持续凝视着老师们。

"他确实该反省，不过并不是针对这次的事件。他是要检讨、反省过去的自己。关于我们刚才讨论的事件，我认为须藤同学并没有任何不对。因为我有把握，这并不是偶然发生的不幸事件，而是C班蓄意设计的。我可不打算就这样忍气吞声。"

堀北打破漫长的沉默，有气势地答道。

"换句话说……这是怎么回事？"

堀北的哥哥第一次用正眼看向妹妹。堀北没有避开他的视线。

这很可能是因为佐仓展现出的勇气，让她觉得现在不是自己害怕的时候吧。

或者是因为她已经在心中看见明确的解决之道。

"若这无法让您明白，那么我就再重新回答一遍。我们要主张须藤同学的完全无罪。因此，即使是一天的停学惩罚，我们也都无法接受。"

"哈哈……我还以为你要说什么。蓄意设计的？这话还真是可笑。实在不得不说学生会会长的妹妹真的很不优秀呢。"

"正如目击者提供的证词，须藤同学是受害者。还请您做出正确的判断。"

"我们才是受害者！学生会会长！"

C班学生也认为这是绝佳时机，因而大叫道。

"别开玩笑了！我才是受害者！"

受他们影响的须藤也如此主张。异议接连不断。

当然，谁都明白这样不会得出任何结果。

"到此为止。再这么继续下去也只是浪费时间。"

学生会会长堀北学，瞥了一眼这互揭疮疤、互相推诿的情景。

"我从今天谈话中所知道的，就是你们彼此说辞完全相反。这代表其中一方撒了非常恶劣的谎言。"

换句话说，D班或C班其中一方不断地说谎，还把校方卷入其中。

如果真相揭晓，这并非仅是停学处分就能了事。

"C班，我问你们。你们能断言今天所言并无虚假吗？"

"这……这当然。"

"那D班呢？"

"我也没说谎。这全是真的。"

"那我们明天四点再开重审会议。在那之前，要是没有人拿出对方说谎的确凿证据，或是承认自己的错误，那我们将依照现有的证据来做判断。当然我们也必须考虑退学的处分。以上。"

堀北的哥哥总结道，并结束了这场审议。明天四点，这就代表只剩下一天的时间了。要在这段期间寻找新的确凿证据，是非常困难的。

还是说，堀北她……已经接下我传过去的球了吗？

"请问下次审议的时间，能不能再推迟一点呢？"

堀北也忍不住抗议这点，举手提出要求。

"假如你的提案是要求延长再审前的时间，学生会会长一开始就给予十分充足的时间了。换句话说，我们早已被给予了非常充足的时间。延长审议已经是个特例了。"

茶柱老师双手抱胸，就像是体察到学生会会长的意思般答道。

学生会请我们尽快离开办公室。尽管不满，大家都还是走出了学生会办公室。

坂上老师朝着就快哭出来的佐仓走了过来，斩钉截铁地说出一段冷淡的话。

"你的谎言导致了许多学生被卷入其中，希望你能够对此反省。还有，如果你以为哭就能获得原谅，那么你的策略实在太愚蠢了。你应该感到羞耻。"

他留下这些话，就与C班学生们一同离去了。

"居然有假的目击者，简直太过分了。"坂上老师仿佛故意要让人听见似的，反复抱怨着。

"堀北，你断然地放出狠话，有胜算吗？"

"我不会放弃的，直到最后一刻我都会贯彻我的主张。"

"你很清楚这不是光凭思考，就能解决的问题对吧？最后说不定会加深伤口哦！"

"我并没有打算要输。那么，我先告辞了。"

堀北留下这段简短的话就回去了。而须藤也跟在她身后。

我和佐仓肩并肩，离开了学生会办公室。

"对不起呀，绫小路同学……如果我一开始就站出来，明明一切都会没事的……就因为我没有勇气，事情才会变成这样……"

"结果是一样的。即使你一开始就站出来，最后那些家伙也只会针对目击者是 D 班学生这点不断地严加指责。所以结果不会改变。"

"可是……"

被怀疑是在说谎，或许是因为自己的错才无法拯救须藤——各种情绪朝着佐仓席卷而来，她落下了豆大的泪滴。

要是平田在场的话，他应该正温柔地递出手帕吧。

真没想到与堀北的哥哥再次相见时的场面，和堀北先前崩溃时的情景有点重叠。

我深切感受到这是注定好的。为何这世上尽充斥着胜者与败者呢？

回过神来，我的身边就有各式各样的胜败，交织着喜悦与悲伤。

佐仓内心受到重创，无法好好行走。

我无法弃她于不顾，决定等着佐仓，直到她能够行动为止。

"你们还没走啊。"

堀北的哥哥与橘书记从学生会办公室走了出来。橘书记手上拿着钥匙，开始锁门。

"你们打算怎么做？"

"怎么做是指？"

我们之间进行了这种简短的互动。

"今天你和铃音一起出现在这里的时候，我还以为你能找到什么策略。"

"我既不是诸葛孔明，也不是黑田官兵卫，不会有什么策略。"

"所以铃音是因为失控，才会扬言主张完全无罪啊。"

"真是个不切实际的空谈呢。你不这么认为吗？"

"是啊。"

真不可思议。虽然简短，但我和堀北的哥哥竟然持续着对话。

初次见面时的印象虽然很差，但是这么看来，他是个很容易交谈的对象。

不愧是爬上学生会会长之座的男人，掌握人心的能力才会这么出色吧。

"你叫佐仓对吧？"

　　堀北的哥哥向吞声饮泣的佐仓搭话。

　　"目击证词以及照片证物都确实有说服力，足以在审议中提出，不过你要记住这点，别人要如何评价这份证据，并且要相信到什么程度，都将取决于说服力。你是D班的学生，因此说服力无论如何都会下降。不管你再怎么详述事件当时的情况，也都无法百分之百让人接受。这次，你的证言想必不会被人视为'真相'。"

　　这等于是在说佐仓是个骗子。

　　"我……我……只是把真相……"

　　"只要无法完全证明，那就只是胡言乱语。"

　　佐仓就这样低着头。内心的懊悔，让她的泪水又再次夺眶。

　　"我相信佐仓的证词。"

　　"你身为D班的学生，会想相信也是理所当然。"

　　"这不是我想去相信。我是在说我相信佐仓。意思并不一样。"

　　"那么你能证明吗？证明佐仓没有撒谎。"

　　"这件事并非由我，而是你的妹妹会去替我们证明。她会去证明佐仓不是骗子，找出任何人都能接受的方法。"

　　堀北的哥哥浅浅一笑。这个笑容是在表示"她不可能办到"吧。

　　他们两人回去之后，我靠近还在这里无法行走的佐仓。

"佐仓，抬起头。一直哭下去也不是办法。"

"可是……都是因为我的错……呜……"

"你没有做错任何事情。你只是说出了真相，对吧?"

"可是……呜……"

"我再说一次。你并没有做错任何事情。"

我蹲了下来，视线保持与佐仓同样的高度。

佐仓不想被人看见哭肿的脸，因而再次低下了头。

"我相信你。今天你能出席，我真的觉得非常开心。多亏有你，须藤与班上的同学才会有得救的可能性。"

"但是……我……什么忙也没帮上呀……"

这女孩到底是有多么没自信啊?

"我相信你。这就是所谓的朋友。"

我强硬地抓住佐仓的肩膀，让她看向我。

硬是对上她打算闪避的视线。

"所以，要是你有什么困扰的话，我定会助你一臂之力的。"

2

"让你见笑了……"

走在我旁边的佐仓，总算停止了哭泣。她有点不好意思地笑了。

"我好久没在别人面前哭了，感觉心情舒畅了点。"

"那就太好了。我小时候也经常在别人面前哭呢。"

"很难想象绫小路同学你经常在别人面前哭呢。"

"我真的哭了哦。还是在别人面前哭了十几次、二十几次。"

虽然很不甘心，也觉得很丢脸，但就是无法停止哭泣。

不过，人会在哭泣中成长，也才会向前迈进。

佐仓好像是会把痛苦全吞下肚的那种人。这次对她来说，也是个很重要的事件。

"我觉得很开心，因为你说你相信我。"

"不是只有我哦。堀北、栉田，还有须藤都是相信你的。班上的同学也都相信你。"

"嗯……不过，因为绫小路同学你直接告诉了我。你的话已经确实传达给我了哟。"

残留的眼泪模糊了佐仓的视线，她再次擦了擦泪水。

"能鼓起勇气真是太好了。"

佐仓微微地笑道。看见她这模样我也放下了心，确定自己做对了。

如果勉强佐仓作证，只给她带来不愉快的回忆的话，那么即使救了须藤，应该也不能说是完美解决。

我们两人之间维持着沉默。这是不论哪方都不擅长说话，才会出现的情况。

却不可思议地不会令人讨厌。

"虽……虽然我觉得现在不该说这种事……"

我们差不多快到学校门口的时候，佐仓像是想起什么似的开口说道。

"其实……我现在……"

"哈啰，你还真是慢呢。"

一之濑与神崎因为很在意结果，而在学校门口等我出来。

"你们在等我啊。"

"我们想知道结果怎么样了。"

我请他们稍等，然后把脸望向佐仓。

"佐仓，抱歉啊。你继续说吧。"

打开鞋柜并盯着里头看的佐仓，只把脸面向了我。

"没……没什么事。只不过，我会鼓起勇气，加油。"

佐仓匆匆回答，轻轻点了点头，然后就准备离开。

"佐仓？"

我叫住佐仓，但她没停下脚步，并朝校门跑去。

"抱歉。我们出现的时间点似乎不太好吗？"

"没有……"

我将学生会办公室里发生的一连串事情都告诉了他们。

"这样啊，她驳回那项提议了啊。所以，D班要彻底主张无罪对吧？"

"因为对他们来说，即使是一天也好，只要能让须藤停学，就如同是他们获胜。"

对方的提议换言之就是个陷阱，而且是引诱我们前往败北之路的甜蜜陷阱。

他们两人无法认同，尤其神崎断言这项选择是个错误。

"殴打对方的事实无法消除。重要的是，好不容易才有目击者出来提供证词及证据，对方也因此做出了让步。你们应该在那个时间点接受提案，并且做出妥协。"

"可是就像绫小路同学你所说的，停学处分就是 D 班的败北。校方要是判断须藤同学是那种受到停学处分且品行不端的学生，正式球员的事说不定就会告吹。"

"不一定会告吹吧，但印象或许会变差。只要知道无论是哪一方都有责任，校方也会考量这点而改变审查。然而，要是明天须藤的责任比例增加，那就连这件事都会变得很危险。"

谁的意见都没错。主张无罪与接受提议，都是正确答案之一。

"是啊，我也这么认为。"

"你既然这么认为，那不是更应该阻止吗？"

"要是再次进行协商，那必然会是我方的败北。因为正如神崎所说的，要以'完全无罪'来取胜，'本质上'是不可能的呢。"

无论再怎么提出证词，再怎么奋力上诉，也都无法在这点上取胜。

胜负已分。情势已加温到最终阶段，开始急速冷却。

"即使如此你们也要战斗吗？你们明明就连新的证据跟证词都没有欸？"

"因为我们的老大做出了这个判断，她说要彻底抗战到底呢。"

堀北不是笨蛋，她非常清楚延长战局不是件可喜的事。

即使如此她也选择向前迈进，表明了她打算战斗。

这是 D 班今后也将正面迎接困难觉悟的证明。

"唉……我不认为现在还会得到有力的线索，不过我再去网上重新搜集下消息吧。"

在这种就算被他们抛弃也不奇怪的情况之下，一之濑却笑着说出要继续帮忙。

"我也尽可能去问问看有没有谁发现证据或目击者吧。"

妥协派的神崎也表现出不吝提供协助的态度。

"你们还愿意帮忙？"

"毕竟我们也骑虎难下了呢。我也说过了吧，不能原谅说谎。"

神崎也点了点头。这些家伙人真好啊。

"我很感谢你们的提议，可是没有这个必要了。"

　　我以为堀北已经回去了，她却出现在这里。她是在等我回来吗？

　　"你说没必要……是怎么回事？堀北同学？"

　　"我们在审议里是无法获判无罪的。假设C班或A班出现新的目击者，我们也还是无法获胜呢。不过作为替代方案……我想拜托你们准备某样东西。这是唯一的解决方案。"

　　"某样东西是指？"

　　"那就是……"

　　堀北说出想要的物品名称——为了计划，而不可或缺的东西。

　　原本很冷静的一之濑，表情变得有点僵硬。

　　"咦……真是败给你们了。这项请求还真的是相当困难呢。"

　　一之濑觉得这提议实在很乱来，因此没有立即允诺。

　　神崎也陷入了沉思。

　　"我明白以我的立场没办法提出这种要求。这太自私了，会对你们造成巨大负担。可是……"

　　"啊……不是。嗯，这件事也算是在我个人能力所及范围之内呢。而且我认为自己很清楚D班现在所处的状况。只不过，我有许多想不明白的地方……你连理由都不说，不就真的有点太自私了吗？"

　　"确实如此呢……如果你们能接受我接下来所说的，

能不能请你们帮忙呢?"

堀北将她说的唯一解决方案的详细内容告诉了一之濑、神崎,还有我。

包括为何需要、如何使用,以及有何目的。

结束说明后,他们两人沉默不语,一直在沉思。

"我想如果是你,可以理解这次作战的风险及用途。"

"这方法……你是何时想到的?"

"这是谈话快结束的时候偶然想到的点子。"

"嗯……这方法真厉害。我自己去过现场,却完全没有察觉到这点。倒不如说是我把这方法排除在外了……这完全不在我想象的范畴之内。"

一之濑他们确实理解了堀北的目标及其效果。

他们的表情却依然僵硬,还在沉思。

"这是个让人意想不到的点子,而且我认为值得期待。不过,这种事真的可行吗?"

一之濑看起来有点吃惊,向神崎寻求意见。

"这或许会违反你的规则及道德标准呢,一之濑。"

"哈哈,也是呢……这样违反规则了。可是……这确实是唯一的办法。"

"是啊。听了她的话,我也这么想。这是条原本不存在的生路。"

那就只剩下一件事了,就是这两人是否愿意提供帮助。

这次作战无论如何都会牵扯上谎言。

可以说是在向讨厌谎言的他们做出严苛的请求吧。

"这次事件由谎言开始，果然还是只有谎言才能够画下句点。"

"原来如此呢。以眼还眼，以谎治谎吗？可是呀，这实际上真的可行吗？我不觉得可以简单获得这种东西。"

"这点不用担心，因为我刚才已经去确认过了。"

她这么快就离开学生会办公室，原来是为了去确认计划可行与否。

"假如拜托博士帮忙的话，细微部分应该也能顺利处理。我去拜托他看看。"

堀北似乎没有异议，于是轻轻点头。

"欸，神崎同学……为了甩开 C 班，我们应该已经开始与 D 班连手了，对吧？"

"嗯，对啊。"

"可是呀，我们现在打算做的事情，不是会令我们自己之后陷入窘境吗？虽然我才想到这点。"

"说不定是吧。"

"真是败给你们了。D 班居然有像你这么聪明的人。真是失策了呢。"

一之濑对堀北表示敬意，虽然有点无语，但还是掏出了手机。

"你这可是欠了我一个人情呢，改天我会要回来的哟。"

她这么说完，便和堀北约定好会提供帮助。

"好，没问题。"

堀北毫不客气地决定借用帮手的这份可贵力量。

"绫小路同学，我也有事想请你帮忙。"

"只要不是麻烦的事情，我就帮。"

"基本上需要帮忙的，都会是既麻烦又费工夫的事情呢。"

她的意思是你要好好想想。

反正我不可能逃得掉，所以就决定帮堀北忙。

"那我们走……"

剧痛与冲击出奇不意地朝我的侧腹袭来，我就像是被吹跑似的摔倒在走廊上。

"这么一来，你打我侧腹的事情，我就原谅你了。下次我可会加倍奉还。"

"喂，呃，啊……"

我因为疼痛而发出不成声的声音，就连反驳都不被允许。

一之濑目瞪口呆地望着这副光景，用像是看见什么恐怖事物般的眼神看着堀北。

一之濑，你可要好好记住。这个女人可是毫不留情的……（不支倒地）

唯一的解决方案

通往学校的林荫大道，上头洒落下来的盛夏阳光，刺眼而又炎热。

我每前进一步，身体就会发出惨叫，冒出汗水。充满朝气的学生从我身旁跑了过去。有活力真好。还是说他只是脑袋不正常而已呢？即使世界末日正在身后逼近我，我说不定也不会逃跑。

前方叶隙流光之下，有个美女正把腰倚在扶手上往我这边看来。

为何美少女都这么擅长融入风景当中呢？

我忍不住很想把自己现在看到的画面拍下来。然而，很遗憾的是，我没有那种胆量。

"早安，绫小路同学。"

"你在这种地方是要跟谁碰面吗，堀北？"

"对，我在等你。"

"要是被喜欢的人这么说，一定会很棒吧。"

"你是笨蛋吗？"我被堀北骂道，感觉一大早天气就格外炎热了。

"今天就要出结果了。"

"是啊。"

"我在想……我会不会做错了选择呢。"

"你是说，要是妥协就好了？"

"虽然我很不愿意这么想。"她说出这句开场白，接着讲了下去，"要是须藤同学因此受到重罚，那就是我的责任了。"

"原来你也会像这样讲泄气话啊。"

"因为下赌注是事实，我会有点担心结果将会如何呢。你那边没问题吧？"

"你是指昨天和我说的作战对吧。一之濑也在，总有办法吧。"

我轻轻地拍了拍堀北的肩膀，迈出脚步。

"绫小路同学，你……"

"嗯？"

"没什么，等这件事顺利解决后再说吧。"

堀北想说些什么，但她闭上了嘴。

1

踏进教室的瞬间，我便发现了变化。

照理说总会在最后一刻才到校的佐仓，现在就已经坐到了位子上。

我不觉得她是那种贪睡虫，因为今天偶尔早起才会早到校。

她是有着什么目的，才会这么早就来学校的吗？

堀北也对佐仓的存在有些惊讶。佐仓本人的话……

她看起来和平常没什么两样，但让人感觉心境积极向上。

这差异难以言喻，甚至说不上是变化。若有人告诉我这只是我的误会，我还会回答"应该是吧"。

在我们打算经过佐仓身旁之时，佐仓抬起了头，察觉到了我们的存在。

我微微举起手，代替打招呼。这种程度对佐仓来说也刚刚好吧。

正当我这么想的时候……

"呃……早安。绫小路同学……堀北同学。"

"早……早安……"

佐仓第一次主动向我道早安，我惊讶得语塞。她虽然没有与我们对上眼神，但还是抬起头拼命挤出这些话来。

"她是怎么了？"

"说不定她是因为昨天的事件，而往上成熟了一个阶段。"

平时几乎不会在人面前说话的佐仓，在紧张的气氛中威风凛凛地作了证。那也成了她重新审视自己的机会吧。

"人不会这么容易改变。假如她打算改变，那会相当勉强自己吧。"

我感人的想象被堀北这句现实的话给毁了。

这确实希望渺茫，堀北所言非虚。

昨天的佐仓，与今天的佐仓并没有太大的差异。不过确实也已经不同了。

我知道她是打算以自己的方式，为自己带来某些变化，才会做出这种行为。

她想改变，这点不会有错。

"只要她没有勉强自己就好了。"

"勉强？"

"也就是说，人要是做出不符合自己身份的举止，很有可能就会摔跤呢。"

她的话不可思议地充满说服力，让人认为是她自己的经验之谈。

"你是非常热爱孤独的孤独少女嘛，真是有说服力啊。"

"你想死一次看看吗？①"

这不是孤独，而是地狱少女……

我远远观察佐仓的模样，没看见她向其他学生打招呼。

再怎么说，她也不会突然间就跟全班打招呼。只要她没有勉强自己就好了吗？确实如此呢。平常不会和任何人说话的人要主动向人打招呼，在别人眼里看来可能微不足道，但对佐仓而言，这是个会对身心造成巨大负担的行为。

---

① 动画《地狱少女》中的经典台词。

很难想象这不会有任何负面作用。

说不定打算强行改变自己，将导致她心中某处绽裂开来。

看来在进行那个战斗之前，我还是稍留意一下她比较好。

2

再审开始前大约三十分钟，我为了到某处等人而站了起来，准备离开教室。噢，对了，在这之前，我先去和佐仓打声招呼吧。

"佐仓。你现在要回去了吗？"

我向正在准备回家的佐仓搭话。

"绫小路同学……你现在要去审议了对吧？"

"我今天不参加。"

我告诉她我要在幕后忙一些细节工作。

"这样呀……"

佐仓在想些什么，因而低垂着视线，小声嘟哝道。样子有点奇怪。

与其说她心神不宁，不如说她似乎正在紧张。

"怎么了？"

"咦？"

"今天并不需要佐仓你出面做证，你完全不需要逞强哦。"

我甚至觉得佐仓在冒汗。

"大家都在努力，所以我自己也要努力。"

佐仓的这些话与其说是在对我说，不如说是她在说给自己听。

"你在想些什么呢？"

"为了向前迈进，有一件事情是必要的……所以，我要去做那件事。"

即使我询问佐仓，她也没有给出明确的答复。虽然我对她这副模样感到不安，而打算追问下去，可是口袋里的手机震动了起来，通知我时间已到。现在已经没有时间了。

"下次见喽，绫小路同学。"

这句话及这张开朗的笑容，都很不像平时的佐仓。它们莫名地深深烙印在我的脑海中。

"欸，佐仓，你待会儿有空吗？我有事想和你说。"

我为了与她维系联络而挤出这句话，可是佐仓却轻轻地摇了摇头。

"我今天接下来有事情要做，可以明天吗？"

既然她都这么说了，我也不能强硬拜托她说"非今天不可"。

不过我现在也得走了。我背对佐仓，朝着特别教学大楼前进。

现在时间刚过三点四十分，放学后的特别教学大楼比平时还要闷热。

如果按照计划进行，那我等的人应该就快来了。

过了不久，三名男生尽管抱怨着"好热好热"，但还是来到了这里。看得出来他们三个人都很开心。

这也当然。这三个人之所以会来到此处，是因为收到了我们班上偶像般的存在——栉田，所寄出的邀请信件。这是约会邀请吗？或者该不会是告白吧？他们说不定正在做着这种幻想。

他们的这份幻想，在发现我的存在之后就破灭了。

"怎么回事？你为什么会在这里？"

看来他们果然记得在学生会办公室中见过我。像是他们队长的石崎往前踏出一步，逼问道。他在没人会看见的场所还真是态度嚣张。

"栉田不会来这里，那是骗你们的。是我硬拜托她发的邮件。"

石崎露骨地摆出不高兴的表情，然后拉近了与我之间的距离。

"你开什么玩笑啊？这是什么意思？啊？"

"要是我不这么做，你们就会无视我，对吧？我想找你们商量事情。"

"商量？我们之间有商量的余地吗？你脑袋是被热坏了？"

石崎打从心底觉得很热似的拉着衬衫前襟前后扇风。

"你再怎么挣扎也无法掩盖真相。我们是被须藤叫出来打的，这就是答案。你们就乖乖接受报应吧。"

"我并不打算争论这种事情，这是浪费时间。因为昨天谈完，我也很清楚 D 班和 C 班都绝对不会放弃自己的主张呢。"

"所以呢？你要现在强行拖住我们，让我们缺席会议吗？还是你想用人群包围我们，再以暴力威吓我们？就跟须藤当时一样。"

这也是个有趣的点子，不过我现在也只能忍耐了。

与其说这类威胁对这些家伙不管用，倒不如说，他们还很欢迎呢。

他们确信要是发生新的袭击事件，情况便会向好的方向发展。

"乖乖放弃吧，我们先走了。"

这三人得知栉田不会来正打算折返，然而，另一个人却挡住了他们的去路。

"我认为你们还是死了这条心会比较好哟。"

等待演员到齐的一之濑，踏着轻盈的步伐现身。

"一……一之濑！为什么你会在这里！"

出现了 B 班这种毫无关连的人，C 班的那伙人当然感到惊讶。

"你问为什么呀？因为这件事情，我也参与其中，姑且可以这么说吧？"

"你还真有名呢，一之濑。"

"哈哈哈。我和 C 班之间发生过好几次冲突呢。"

看来他们正在我完全不知道的地方激烈交战。

C 班那伙人明显乱了阵脚。

"这次跟 B 班没有任何关系吧？闪一边去啦……"

他们与面对我时不同，态度明显软了下来，拼命地想赶走一之濑。

"的确是与我无关呢。但你们不认为自己说谎，还把这么多人卷进去，很不道德吗？"

"我们没有说谎，我们可是受害者啊。我们被须藤叫来这里，还被殴打。这就是事实。"

"坏蛋总是会固执到最后，是时候让你们接受制裁了！"

一之濑猛然张开右手，如此高声宣言。

"这次事件中，你们说谎的事，以及先施暴的事情……我全都看穿了呢。要是不想被公诸于世的话，你们应该立即撤销控诉。"

总觉得就算我不逐一说明，交给一之濑就都没问题了。

"什么？叫我们撤销控诉？真是笑死人了。你在说什么梦话啊？你们的证词一点都不可靠啦。是须藤先过来动手打架的，对吧？"

　　石崎向两人寻求同意，那两个人当然也立刻回答"对啊对啊"。

　　"你们知道这所学校即使在日本，也是政府公认数一数二的升学学校吧？"

　　"当然，我们就是看中这点才进这所学校来的啊。"

　　"既然这样，就得再多动点脑筋了呢。你们的目的从一开始就已经败露了哟！"

　　一之濑像是在享受这种状况似的话越来越多，露出笑脸。

　　她就如同即将揭穿真凶的名侦探，一面在三个人周围慢慢走动，一面说道："你们不觉得校方在知道这次事件之后的举动非常奇怪吗？"

　　"啊？"

　　"你们向校方控诉时，为什么须藤同学没有马上受到惩罚呢？又为什么会给好几天时间的挽回机会呢？你们认为理由是什么？"

　　"这是因为那家伙说谎哀求校方吧？要是表面上不给予延期，那就会变成先告状者先赢了。"

　　"真的是这样吗？会不会有别的用意以及目的呢？"

　　窗户紧闭的走廊，受到还高挂天空的太阳照射，越发闷热。

　　"真是莫名其妙。啊……可恶，好热。"

　　他们的思考能力，随着炎热而逐渐下降。进行理

论、创造性思考时，要是不在舒适环境下的话，就无法
完全发挥实力。

塞入脑中的内容越多，对脑袋的负荷当然就越大。

"我们走吧。继续待在这种地方的话，就要被煮
熟了。"

"这样好吗？你们如果离开这里，八成会后悔一辈
子哟？"

"你从刚刚开始一直在讲什么啦，一之濑？"

一之濑双脚并在一块，停下了步伐。

"你们不懂吗？意思就是校方已经知道是你们 C 班
在说谎，而且还是从一开始就知道了呢。"

C 班恐怕谁也没想象过这出人意表的事情吧。

一时间，石崎他们无法理解而面面相觑。

"别搞笑了。你凭什么说我们在说谎？还说学校知
道这件事？"

"我们怎么可能相信你。"他们当然如此嗤之以鼻。

"哈哈哈哈，真是可笑。你们可是一直都被校方玩
弄于股掌之间。"

"虽然拉拢你的这招真的是很厉害，但这种谎言对
我们不管用啦！"

"我们可是有确凿的证据！"

一之濑不畏惧石崎的恫吓，继续说道。

"什么！这样的话，你就给我们看看啊，你那所谓

的证据……"

　　C班那伙人当然认为不可能会有什么证据，因此即使听了一之濑的话，也依然坚定不移。然而，当他们咬着这件事不放的时候，就已经决定了他们的败北。

　　"你们知道这所学校到处都有监视器对吧？像是教室、学校餐厅，或便利商店都有设置，你们应该无意间都看到过吧？为了维持校内公正的秩序，校方才采取这种措施来检查我们平时的行径。"

　　"这又怎样？"

　　他们果然知道有监视器一事，石崎他们看起来一点也不慌张。

　　"既然如此，难道你们没看见那个吗？"

　　一之濑将视线移向这条走廊前方不远处的天花板。

　　过了一会儿，石崎他们也顺着她的视线望了过去。

　　"咦？"

　　他们发出像是漏风般的愚蠢声音。

　　为了监视特别教学大楼走廊的各个角落，监视器还不时地左右摆动。

　　"这怎么行呢？你们如果要陷害别人，就得选在没有监视器的地方呀。"

　　"为……为什么这里会有监视器？其他楼层不是没有监视器吗？只有这里装设也太奇怪了吧！对吧！"

　　石崎像在寻求伙伴同意转过头。

"我们确实已经确认过了。"他们两人一边擦汗，一边回答。

"就算你们想算计我们，这也不管用。那是你们自己装上去的！"

"校舍的走廊的确基本上不会装设监视器。不过，有几条走廊却例外地有装设监视器哟。那就是教师办公室，以及理科教室门口。教师办公室就不用说了，毕竟里面有很多贵重物品对吧？理科教室则是放置了许多化学药品。因为这层楼有理科教室，所以装设监视器也是理所当然。"

石崎他们的话第一次退缩到了喉咙深处无法反驳。一之濑不会漏看这份畏惧。

"你们要不要看看背后？监视器可不是只有一台哟？"

石崎他们像被诱导般，往监视器反方向的走廊望去。

反方向走廊的监视器，也当然像是在补足完整画面似的运作中。

"假如这是我们装设的，那还会连那一侧也一起准备吗？说起来，在无法离开学校的情况下，我们又要如何准备呢？"

一之濑准确地一个个封锁了他们的退路。

"这……这怎么可能……怎么会这样？我们那时候……应该已经确认过了才对……"

"这里是三楼，你们检查的真的就是三楼吗？该不会是二楼或者四楼吧？事实上，这里就是有监视器哟？"

他们三个人汗如雨下，半抱着头，非常迷惘。

"况且，你们知道自己已经露出马脚了吗？一般人不会去在乎监视器的存在，也不会去做什么确认哟！你们这么在意监视器的存在，就代表已经承认自己是犯人了。"

一之濑发出最后一击。

"那……那个时候该不会也……"

"那种机型的监视器没办法连声音都录下来，不过你们先动手的决定性瞬间，则是毫无疑问地拍下来了吧。"

他们用来擦拭汗水的袖口已经完全湿透。

一之濑要把这里交接给我似的拍了拍我的手。嗯，确实由我来说些话会比较好吧。

"其实学校也正在等待吧？等待你们说出实话。所以不仅给予延期，学生会会长还前来确认你们有无说谎。只要回想当时的对谈，你们不觉得一切真的都被他们看穿了吗？"

他们三个人现在都在拼命回想昨天会议室里的事。

当然，校方想必没看出来 C 班在说谎吧。

然而从学生会的角度来看，怀疑其中一方说谎也是事实。

只要把它解释成针对他们自己，那就会带来真实感。

"怎么会……这种事我可没听说过！已经完蛋了！'

小宫靠在墙上，无力地弯下膝盖。而近藤也抱着自己的头。

这样再怎么说，他们也该承认一切了。我这么想着，但只有石崎一个人不一样。

"等……等一下。我还是无法接受。假如监视器留下画面，你们即使什么也不做，不是也能证明无罪吗？就算不用特地告诉我们，我们应该也会在谈话中知道。这监视器果然是你们装设的吧！"

"无罪？这就要看是依据什么标准来判定的吧？事件发生之时，就已经确定双方都会背负责任。无论是谁先动手，最后双方都将受到惩处。而不管事由为何，须藤揍了你们三个人的事实无法改变。当然，根据监视器的影像，只要证明不是须藤先动手，应该也能将惩处减到最轻。不过这样可就不妙了呢，只要传出不好的谣言，正式球员之座就会不保。而且就连大会也会变得无法轻易出场吧？"

石崎的额头流下瀑布般的汗水。虽然我们也很热，但比起被逼入绝境，体温还不断上升的这三个人，我们算是很好的了。

"什么嘛。那么监视器影像不是对你们而言也很困扰吗？既然如此，我们只要就这样攻过去就好了。即使是一天也好，只要能让须藤停学就行了。"

"要是做出这种事情，你们可是会被退学的哦。这样也无所谓？"

看来他们脑筋转不过来，没有察觉到自身的窘境。

"要是确认监视器的影像，你们三个人一起说谎的事情也会曝光。若是变成这样，那十之八九就是退学。这种事情谁都明白。"

"什么！"

"那为什么学校……不说出我们撒谎的事情啊？"

近藤以虚弱的声音，寻求救赎般问道。

"校方在测试我们。他们在测试我们学生之间能否解决问题，并且会得出什么样的结论。你们不认为只要这么想，这次事情就很合乎逻辑了吗？"

"怎……怎么会这样……我绝对不要被退学！"

"欸、欸欸，石崎。现在还不迟，我们去告诉校方这是谎言吧！由我们去说，校方说不定会原谅我们！"

"可恶啊……别开玩笑了……要我自己去承认说谎？若要因此受处罚的话，我宁愿同归于尽，以最坏的打算去挑战！这样须藤也完蛋了！"

石崎已经不打算收手，做好向前进攻的准备。

"现在下结论还太早了哦。我就给你们一个最后的机会，这是能够拯救C班、D班的唯一办法。"

"怎么可能会有这种方法啊！"

既然事件存在，就不会有解决办法。那么，就只要让事件不存在就好了。

"这次事件的解决办法只有一个。就是告诉校方你们想撤销控诉。这么做的话，校方也不会硬拿出监视器影像来做审判了吧。控诉没了的话，谁也不会受到惩处。校方要拿影像出来确认的话，那我们D班也会支持你们。因为就如我刚才所说的，要是影像成了争论点的话，须藤也会受到停学处分。换句话说，C班和D班可以联合对抗校方，谎称光凭影像无法看出当时状况，那么校方应该也就不会深究了吧？"

我们与这三人拉近距离。

"等等……让我打通电话……"

石崎拿出手机，已经灰心丧志。一之濑却拒绝了。

我们不会在这里给他们时间思考，必须在短期间内定出胜负。

"看来你们也不会听话，那么我们也只好行动了呢。我们现在马上就去和校方确认影像，并让你们退学吧。"

我也赞同这么做，点了点头。近藤与小宫见状，便抓住石崎的手臂。

"我们接受一之濑的提议吧！石崎！"

"等……等一下啊。要是不向那个人确认的话……就糟糕了吧！"

"我们已经输了啦！你也不想被退学吧！拜托你啦，石崎！"

"唔……我明白了……我撤销……只要撤销就行了吧……"

石崎崩溃地跪下。

"那么我们现在就立刻前往学生会办公室吧，我们也会一起过去。"

我们围着这三个人，跟着他们一同前往学生会办公室所在的楼层。

即使是一瞬间，只要我们移开视线，他们随时都可能会跟某人取得联络，并寻求建议。

我们一抵达学生会办公室前，就让他们三个进去了。

剩下的就交给堀北了，她应该会为我们顺利促成一个好结果吧。

3

"哎呀，痛快痛快！谢谢你把这重要角色让给我。感觉真好！"

"与其说是我让给你，倒不如说，这只是你自做主张的吧？"

"哈哈哈，是吗？但这么一来，事情也算是告个段落了呢。"

真的是告了个段落。

"昨天你们问我借点数时，我还在纳闷是要拿来做什么呢。"

我们回到闷热的特别教学大楼，并架设了梯子。

"真没想到目的是要装设监视器呢。"

没错，这监视器当然并不是校方所设置的。

这是一之濑他们买来，在今天午休时与博士一起装设的东西。

校方当然会怀疑说出要撤销控诉的 C 班吧。虽然石崎他们很害怕影像被调阅出来，但是既然这监视器是假的，那么也就不会发生那种事。

我一开始很惊讶学校会贩卖这种监视器，但它不只能用于防止犯罪，也可以用在测量或者记录方面上。也就是说，它可以活用于学业。

与其说是监视器，不如说成"网络监控监视器"比较好懂吧。

他们的思考力因为炎热而下降，而且状况又很紧迫，时间所剩无几。加上心理上被逼入绝境。那些人处于这种状态，百分之百没有办法看穿这是今天私人架设上去的东西。

再怎么怀疑，也没有时间让他们确认事实。

"绫小路同学，你们要是有一天升上 C 班的话，会成为很难缠的对手呢。"

"那不知道是猴年马月的事了……"

那时候，一之濑他们恐怕都已身处 A 班了吧。

"假如堀北同学在 B 班的话，我们说不定马上就升上 A 班了呢。"

"或许吧。"

我将拆下来的监视器递给在下方扶着梯子的一之濑。

"和你借的点数，我们班一定会想办法还上的！"

"没事，毕业之前还我就可以了哟。现在要怎么办？在学生会办公室前面等吗？"

"我想想……"

不经意地，我想起佐仓刚才的模样。

她说今天接下来有事，究竟是什么事情呢？

之前接到电话，以及放学后在玄关的时候，她是打算对我说什么呢？她是不是有所觉悟了呢？

她说的鼓起勇气究竟是指什么呢？

有种麻痹感朝我脑袋深处席卷而来。

"对了，我有件事想先告诉绫小路同学你呢。"

我在得出结论前，就先跑了出去。

身旁的一之濑好像正要说些什么，但这之后再说。

"咦！等……等一下！"

一之濑不清楚出了什么状况，但不知道为何就这样朝我追了过来。

我一边跑一边拿出手机。只要开启了手机定位，就可以查询朋友的所在位置。池的小聪明在这种时候派上用场，还真讽刺。我立即查询佐仓手机的所在地点，察看她现在的所在位置。

我毫不拖泥带水地迅速跑下楼梯，直奔一楼大门。

快速换上鞋子。我没打算等一之濑，但她晚我个两三秒就穿好鞋了。

"我初中可是田径社的，所以对于脚程与持久力是很有自信呢。"

她如此说完，开心笑着。

"虽然很抱歉，但我可不打算在中途等你哦。我赶时间。"

"哈哈哈，没问题。"

佐仓的位置从刚才开始就没有移动，我对此非常不安。

4

手机显示佐仓目前所在的地点，是家电量贩店的进出货入口处。

一之濑就如她所说的那样紧跟着我跑了过来。

我为了调整紊乱的呼吸，而一面压抑着呼吸一面靠近目的地。

为了保险起见，我也向隔壁的一之濑传达保持安静的手势。

"请你不要再联络我了！"

"你为什么这么说呢？对我来说，你真的很重要……我第一次在杂志上看见你的时候，就喜欢上你了。我觉得在这里再次见到你简直是命中注定。我好喜欢你……
我根本无法停止对你的思慕之情！"

"不要这样……请你不要这样！"

佐仓喊完，就从包里拿出某捆东西。那是信件，数
量近百。这些信都是眼前这个男人所寄出的吗？

"你为什么会知道我的房间在哪里！你为什么要寄
这种东西给我呢！"

"这还用说吗？这是因为我们的心是连在一起
的呀。"

说不定佐仓开学后就一直很痛苦。她被粉丝发现真
面目，每天都这样忍耐着。而她却以自己的意志、勇
气，来打破这种僵局，决定在今天向它告别。我感受到
了她的觉悟。

"请你不要再给我寄信了……我很困扰！"

佐仓拒绝男人一厢情愿的恋情，并将那捆信件扔到
地上。

"你怎么可以这样！那可是我思念着你写下的信笺！"

"不……不要过来！"

那个男人慢慢缩短他们之间的距离，他抓住佐仓的
手臂，把她用力地按倒在仓库的铁卷门上。

"我现在就把我这份真正的爱告诉你……这样的话，
佐仓你也就能理解我了。"

"不要，请放开我！"

一之濑拉了拉我的袖子，似乎不能再这样继续放任下去。

虽然我想捕捉更关键性一点的场面，不过也没办法了。

我拉着一之濑的手臂，像是不良情侣般大摇大摆地走了出去。

我一边用手机喀嚓喀嚓地连续拍下照片。

"啊！我看见喽！你正在做什么不得了的事情欤，大叔。"

"咦！"

佐仓对我这不熟练的小混混口吻目瞪口呆。虽然这样非常羞耻，不过我还是要忍下来。

"大人对女高中生动粗，明天在电视上会是条很大的新闻呢。"

"喂，不……不对。不是这样的！"

"事实就在眼前，你还有什么要辩解的吗？"

一之濑也配合了我，不过这语调也太糟糕了。

男人急忙把手从佐仓身上移开，但这瞬间我也按下了快门。

"不对吗？我想这并没错欤。唔哇！这些是什么信啊，好恶心。你是跟踪狂啊？"

我像是抓起别人的袜子似的，一边捏着鼻子，一边只用食指与大拇指夹起信件的角落。

"不是的。这只是……对，因为这女孩希望我教她数码相机的使用方式，我是在进行个别指导。只是这样而已哦。"

"是这样啊……"

我拉近与男人之间的距离，光是施加压力，就将他推往铁卷门那一侧。

"我跟她完整地目击了现场，还拍了照片。你下次要是再出现在这女孩面前，或者送出骚扰信件，我可是会马上泄漏出去哦！"

"哈哈哈。你在说什么事呀。哎呀，这是真的，我什么都不知道……"

"你不知道？你可别装傻啊，大叔。如果只是对偶像起色心，姑且不论。但你竟然还伸出了魔掌，那你就完蛋了吧？杀了你哦！"

"别……别！"

我在他完全丧失斗志时，故意制造出能让他逃走的空隙。

"再……再见！我再也不会这样了！"

店员就像是逃跑中的兔子一样迅速逃离，回到店里。

佐仓因为恐惧感消去而松懈下来，双腿发软，眼看快要跌坐到地上。于是我急忙抓住她的手臂，撑住她的身体。

"你真的很努力呢。"

虽然我也有各种事情要向她说教，但现在应该没有那个必要吧。

佐仓独自面对自己苦恼的心情，打算做个清算。

我不能不去体谅这份心情。

"绫小路同学……你为什么会在这里……"

我拿出手机，把可以得知佐仓位置情报的画面显示出来给她看。

"我真是太懦弱了……结果我自己一个人还是什么也办不成。"

"没这种事哦。你把信件砸到地上时，可是很帅气的。"

五颜六色的信件杂乱地散落一地。

"欸欸，刚才那个很诡异的人是怎么回事？偶像又是指？"

一之濑捡起信件，歪着头。

"这是……"

我并不是想要对一之濑有所隐瞒，但我很犹豫能否不经佐仓许可，就把事情说出来。

佐仓却看着我的眼睛，轻轻地点了点头。

"佐仓在初中时期是偶像，叫作霖。"

"咦咦！偶像！好厉害！你是艺人对吧！请和我握手！"

一之濑惊讶得像个孩子，不知为何向佐仓要求握手。

"但我并没有上过电视之类的……"

"即便如此也很厉害呀！偶像又不是想当就能当的。"

一之濑也有足以与她匹敌的脸蛋与身材……不，我是觉得她有那种资质。

"你是什么时候发现的呢……绫小路同学？"

"就在不久之前。抱歉，除了我，班上其他几个人也发现了。"

她早晚都会知道，所以我就老实先告诉了她。

"或许这样也好……因为一直伪装自己很辛苦……"

希望这次事件能成为佐仓摘下虚伪面具的契机。

"虽然你勇气可嘉，但也太过头了吧。要是真的发生了什么事，你打算怎么办啊？"

"哈哈……也是呢……刚才真的很可怕呢。"

昨天刚在别人面前哭过的女孩，不知为何又笑了。

尽管眼角浮着泪光，她还是笑了出来。

"绫小路同学……你果然没有用异样的眼光看待我呢……"

"异样的眼光？"

"没……没什么事。"

佐仓不回答我的问题，开心地露出了微笑。

"要是明天起我不戴眼镜，改变发型的话，大家会不会发现呢？"

"岂止是发现，可能会在学校造成轰动哦……如果这样你也没关系的话。"

突然现身的美少女，使得观众蜂拥而至——我就连这种画面都能毫不费劲地预见。

像是性格乖巧，有点天然呆等，都是男生会喜欢的要素。

"哇……真是够可爱的……与戴眼镜时的形象完全不同！"

看来一之濑用手机调查了霖。

她看着手机显示的照片独自兴奋着。

总觉得须藤的事件虽然暴露出班级的状况有多么岌岌可危，以及有多么缺乏团结，但另一方面也成为了佐仓成长的契机。这说不定是最好的成果。

"真的很不像呢。"

与其说这种思考方式真的很不像我，倒不如说，我本来就连我自己是怎样的存在，都不太清楚。

从这点意义上来说，这个是真正的我吗？我觉得有点混乱。

"抱歉呢，我一直都没告诉你们这件事。"

"这不是什么需要道歉的事，你也不是非说不可。不过，你要是有烦恼或迷惘的事，就提出来一起商量吧……堀北或栉田都会愿意和你商量的。"

一之濑在后面刻意地做出跌倒般的动作。

"这里不是要说'我会和你商量'才对吗？"

那种是帅哥才会讲的话，我才说不出口。

"嗯，我知道了。"

"啊，我也会帮忙哟。"

明明连彼此姓名都不太清楚，一之濑却对佐仓露出笑容如此说道。

"我是 B 班的一之濑。请多指教哟，佐仓同学。"

佐仓有些不知所措，但还是回握了她伸过来的手。

"话说回来，刚才你在特别教学大楼打算说什么？"

我想起与一之濑的对话进行到一半时，就前往这里了。

"啊……对呀。我本来打算跟你讲一件很重要的事情。"

一之濑整理呼吸，用认真的表情开始说了起来。

"虽然现在或许不该说这种事情……但这次事件有幕后黑手。"

既然一之濑都这么说出口了，我不认为这只是她的直觉。

"其实过去 B 班与 C 班学生发生过纠纷。虽然当时没有像这样把校方卷进去。那时候在幕后操控的人，就是龙园同学。"

"龙园？这名字我没听过呢。"

"因为他自己并不会做出显眼的举动呢。就算你不认识也是理所当然。"

一之濑那张总是很开朗的表情，现在变得既沉重又严肃。

"他是我在一年级学生之中最防备的一个。我认为把须藤的形象塑造成骗子的事情，以及引起与 B 班之间纠纷的事情，全都是他搞的鬼。他是个只要是为了自己的利益，就会毫不犹豫陷害、伤害他人的人物……相当棘手。"

"你们与 C 班发生纠纷时，顺利解决了吗？"

"算是解决了吧。不过从输赢来看，不知道能不能说是赢了……总之，这次他们公然来找碴，说不定是开始理解学校的系统结构。所以你们要小心。"

虽然我不知那个名为龙园的学生是谁，但他一定是个相当危险的人物。他是个能够毫不留情就开战，让人只要走错一步就会被退学的人物。

"要是发生什么事，我随时都会帮忙。到时候再找我商量哟。"

"一定。"

5

我和须藤同学在距离审议时间开始十分钟前抵达了学生会办公室。

办公室内只有橘学姐，没看见老师们与哥哥。

"糟糕，我开始紧张了。堀北你呢？"

"还好吧。"

这次事件就要在今天画上句号。断言须藤完全无罪的我，也很清楚这件事并不容易。要是作战失败，一切都会化为泡影。

非胜即败。我之所以参与延长战，是因为认为这有一战的价值。

如果作战失败，说不定事情会变得比现在更严重。

假如结果变得比上次对谈中得出的妥协提案还糟糕，那须藤同学八成会怨恨我吧。我打算告诉他"你要恨也恨错人了"，不过我想我会听他抱怨的。我擅自诉求完全无罪，因此这是我的责任。

要是须藤同学本人希望的话，我们也是有中途和解的可能性。

因为对方应该想尽可能缩短停学处分，所以只要以此为中心去争论，须藤同学本身的惩处安排，应该也就能减轻了吧。

以和解为名的败北。他本人若如此期盼，那就没办法了。

不久后，学生会办公室的门被打开来。同时，我的心跳也加快将近两倍。

哥哥……我没有说出心中这句话。

我明明就很清楚，却还是会动摇、紧张。晕眩般的症状向我袭来。

可是即使如此，我也不能重复昨天的失态。就算他觉得我可悲也没关系。我把视线从哥哥身上移开，现在我有其他该对抗、该面对的人。

"哎呀，昨天的男生好像不在呢。"

接着，前来办公室的是C班班主任坂上老师，接着是茶柱老师。

"堀北，绫小路怎么了？"

"他不会参加。"

"不会参加？"

茶柱老师狐疑似的注视着空位子。

她莫名地很赏识绫小路同学，因此似乎很好奇缺席一事。

不对，这并不是毫无意义的呢……我也隐约注意到了。不对，是被我间接察觉到的。

我察觉到茶柱老师仿佛正看着绫小路同学的身影。

"因为他在跟不在都一样。"

不愿承认这点的我，像在挥去那身影般如此说道。

"也好，因为做决定的是你们。"

老师们各自就座。等C班的学生们抵达后，审议就开始了。

万一情况发生变化，我该如何作战呢？这很简单，就是反驳对方的一切说词。

攻击对方的谎言，并申诉我方说的才是真相。就只有这样。

对方一定也同样会这么做。彼此说词互相碰撞，便是唯一的解决办法。

接着，C班的学生终于来了。他们似乎都很着急，浑身是汗。

"勉强赶上了呢。"

坂上老师有点松了口气似的向学生们搭话。

"那么接下来我们将继续进行昨天的审议。请就座。"

橘学姐催促C班学生坐下。

然而，他们三人却一动也不动，在坂上老师面前呆站着。

"能请你们就座吗？"

她再次说道。可是，那三人依然没有动作。

"那个……坂上老师。"

"怎么了？"

就连我这个外人也能理解他们的模样明显很奇怪。

"请问这次控诉，能不能当作没发生过呢？"

"你们在说什么……究竟是怎么回事？"

对于学生意料之外的发言，坂上老师也站了起来。

"这意思是想要和解，还是已经和解了？"

哥哥向C班学生们投以锐利的目光。

可是，他们三个人却几乎同时摇头，否定和解。

"因为我们发现这次事件的问题，并不在于谁不对。这次控诉本身就是个错误。因此我们要撤销控诉。"

"撤销控诉吗？"

茶柱老师不知是觉得哪里好笑，她浮出淡淡的笑容，接着笑了出来。

"茶柱老师？请问这有什么好笑的？"

坂上老师似乎对这态度很不高兴，因此看起来很焦躁地瞪着茶柱老师。

"失礼了，我只是对意想不到的进展感到惊讶。因为我原本推测今天的对谈不是争吵到某方被击垮，就是进行和解。不过，我还真没想到你们会想撤销控诉。"

"老师们，以及学生会的各位，很抱歉占用了你们宝贵的时间。可是，这就是我们想出来的结论。"

他们三人的意志似乎很坚定，并强烈地如此诉说道。

看来绫小路同学与一之濑同学好像顺利完成计划了呢。

我没有流露出想放松下来的心情，并且努力表现得很冷静。

"我怎么可能准许你们这样。你们又没做错任何事，一切都是须藤同学单方面的恐吓及暴力。你们打算忍气吞声吗？"

坂上老师好像察觉到了什么，向我和须藤同学投以愤怒的眼神。

"你们做了什么？你们该不会威胁他们假如不撤销控诉就要施暴吧？"

"什么？别开玩笑！我什么也没做啦。"

"若非如此，这些孩子照理说是不可能撤销控诉的。请你们现在在此说明真相，这样的话老师会想办法的。"

"坂上老师……无论别人说什么，我们都要撤销控诉。我们的想法不会改变。"

坂上老师似乎无法理解。他一面摇摇晃晃地按着头，一面坐到了椅子上。

"你们如果要撤销控诉，那我就受理吧。虽然在审议当中要撤销的案例确实罕见，不过也是可行的。"

身为学生会会长的哥哥，面对这种情况也冷静地打算把事情推进下去。

"等一下。他们擅自控诉，现在又擅自撤销。真的是莫名其妙……"

我抓住须藤同学的手臂，禁止他反驳。

"堀北？"

"闭嘴。"

我连说明都嫌浪费时间。须藤正打算站起，我就用力拉了他的手臂，要他坐下。

"你们若想撤销控诉，我方也无意再战。我们打算接受。"

虽然我能够理解，从遭受谎言控诉的须藤同学的角度来说，他会觉得很不服气。然而，只要控诉本身消失，那就不会有胜者、败者的存在。这就是这个作战的关键。

"不过根据规定，撤销审议必须收取一定的点数，来作为各种事项的经费。你们对这点有异议吗？"

虽然 C 班学生们内心动摇，表示是第一次听说，但是他们好像很快就得出了结论。

"知道了……我们会支付。"

"那么谈话到此结束。请容我在此结束审议。"

审议开始前，谁能料到等着我们的会是这么没意思的结局呢？

此时，茶柱老师对我露出无畏的笑容。

"须藤同学，这样你就不会有停学处分，而校方应该也不会把你视为问题学生。请问须藤同学从今天起可以参加社团活动了吗？"

我向茶柱老师如此确认道。

"当然，C 班的学生们也是如此。你们就努力地享受青春吧。只不过，下次你们要是再引起问题，别忘了这次的事情将会被拿来引证哦！"

老师对双方强烈叮咛。须藤同学虽然看起来很不满，但还是静静地点了头。这应该是因为能够继续打篮球的这份喜悦，胜过了心中的不满吧。这么一来，栉田同学与平田同学他们的努力也有所回报了呢。坂上老师与C班学生一起快步离开了学生会办公室。在门关上的同时，坂上老师似乎又开始追问起来，不过怎样都无所谓了。

再怎么样他们应该也不会做出撤销后又要控诉的这种愚蠢行为吧。

"太好了呢，须藤。"

茶柱老师说出慰劳的话。

"嘿嘿，当然啊。"

"虽然我个人认为你应该受点惩罚呢。"

茶柱老师像在对喜悦的须藤同学定罪般说出严苛的话。

"这次事件说到底是你平日言行所招致的。事件的真相、谎言都是微不足道的事，重要的是别让事件发生。你自己其实心里非常清楚对吧？"

"唔……"

"可是承认自己的错误很逊，所以你才会在态度上摆架子、逞强。这也都无所谓。可是，这样的话你就不可能获得真正的伙伴。堀北应该也迟早会放弃你，并离你而去吧。"

"这是……"

虽然我已经几乎离他而去了。

"承认自己的错误也是很强大的，须藤。"

　　我初次感受到茶柱老师她以班主任的身份来对待学生。

　　须藤同学应该也隐隐约约理解了这点吧。

　　他看起来垂头丧气地坐着一动也不动。

　　"我知道啦……说起来要是我能忍住，不去理会对方的挑衅，就不会发生这种事。我也明白这点。"

　　即使如此，他却一直逞强，并坚持自己的主张。

　　他一味地强调，说谎的是C班。

　　"篮球和打架都是为了我自己才去做的。可是，现在这种自私的做法行不通了……我是D班的学生，我一个人的行动，将会影响全班。这点我已经亲身体会到了……"

　　须藤同学说不定在我们看不见的地方有着巨大的不安及压力。

　　"老师、堀北，我不会再惹事了。"

　　这好像是须藤同学第一次说出忏悔的话。

　　听到这句话，茶柱老师的心会被打动吗？这不可能。

　　说不定他确实已经理解了，可是须藤同学就是须藤同学。

　　因为人不是一天之内就能轻易改变的。

　　"你还是不要轻易做出口头约定比较好。因为说不定你马上又会惹事。"

"唔……"

对这点了如指掌的老师，否定了须藤同学。

"堀北，你怎么想？你认为须藤会变成不惹麻烦的学生吗？"

"不，我不这么认为。"

与老师意见相同的我，刻不容缓地答道。但我有话必须继续说下去。

"不过……今天须藤同学确实进步了，因为他察觉到自己所犯下的错误。所以明天的你一定会比今天有所成长。"

"我……我会的！"

"太好了呢，须藤。看来堀北似乎还没放弃你。"

"不，我已经放弃了。我只是为了班级大局不能继续放着他不管。"

"这……这是什么话嘛！"

须藤同学搔搔头，然后就像是甩开重负似的露出笑脸。

"那我现在去社团活动了。回头见，堀北。"

须藤同学这么说完，便快步离开了。看他那样子应该是没在好好反省。

他近期之内一定又会带来麻烦，还真是个棘手的存在。

"茶柱老师，请问我们可以离开了吗？"

"等一下，我有些话想和堀北你说。你们先出去吧。"

茶柱老师催促哥哥与橘学姐出去。

"你是用了怎样的手段呢，堀北？"

茶柱老师饶有兴致地将手臂置于桌上并交叉抱胸，向我问道。

"请问您在说什么呢？"

"别想蒙混过去，那些家伙不可能毫无理由就撤销控诉吧。"

"这就任凭您去想象了。"

我们做的事情是捏造谎言。要是被追究的话，困扰的可是我们。

"所以说这是秘密呀？那么我换个问题吧。击退C班的作战，是谁想到的？"

"您为什么要在意这种事呢？"

"因为我有点担心不在场的绫小路呢。"

茶柱老师从刚入学开始就很关心绫小路同学。

现在的我，也隐约能够理解其中缘由。

"虽然我很不想承认，可是绫小路同学也……说不定很优秀。"

我自己本身对这句可视作败北宣示的发言也很惊讶。

因为这次事件假如没有他，就不会有这样的结局。

"这样啊，这是表示你认同他了吗？"

"这不需要惊讶吧？茶柱老师您之所以一开始就把

我和他拉在一块，是因为看穿了绫小路同学的潜力之深，对吧？"

"潜力之深吗……"

"虽然他隐藏自己的实力，还假装自己很笨，一直采取着迷样的行动。"

对，我真的无法理解。我不认为这种事情有何意义。

这纯粹是他很机灵而已——这么解释还比较现实。

"虽然你自己应该已经有了许多方案，不过假如你打算升上 A 班，那我就先给你一个建议吧。"

"建议？"

"D 班的学生们或多或少都有缺点。要是借用这所学校的说法，D 班就是个拥有瑕疵要素学生们的聚集之地。你应该已经非常明白这点了吧？"

"虽然我不打算承认自己的缺点，但我认为自己很清楚。"

"那你认为绫小路的缺点是什么？"

绫小路同学的缺点……老师这么一问，我脑中马上就有东西浮现出来。

"这点我已经弄清楚了，再说他好像也很了解自己的缺点。"

"哦？也就是说？"

"他是避事主义者。"

我原本是打算抱着自信这么回答的。

我才把话说出口，不知为何，却莫名产生一种无法接受的异样感。

"避事主义吗？你觉得平时的绫小路是这样的吗？"

"不……这是他自己说的。"

老师嗤之以鼻，接着便以严肃的语气如此说道："那么堀北，你就趁现在尽可能地去了解绫小路这号人物吧。否则的话就太迟了，因为你似乎已经中了绫小路的圈套。"

"请问这是什么意思呢？"

我中了他的圈套？这句话真是莫名其妙呢。

"你想……绫小路为何要把开学成绩都考成五十分？为什么要帮助你们？又为什么明明很优秀，却不显露出实力呢？绫小路清隆这个人，真的是'避事主义者'吗？"

"这……"

假如，他真是避事主义者的话，那还会做出全科目考五十分，这种反而会引人注目的行径吗？又还会想投身于这次事件吗？

他不是应该像多数学生一样，在旁边静观其变吗？就如茶柱老师所言，身为"避事主义"，他的行为本身就不成立。

这就是我开口时所感受到的异样感的真面目。

"这只是我个人的见解，D班最严重的瑕疵品就是绫小路。"

"他是最严重的瑕疵品吗……"

"产品的机能越高，就会越难使用。意思就是说，要是使用方式搞错一步，班级就会不费吹灰之力地全灭。"

"老师您的意思是……您知道他被视为不良品的真正原因吗？"

"你好好去了解绫小路这号人物吧。去了解那家伙在想什么、是以什么为核心在行动，以及他有着怎样的棘手缺点。那里一定会有答案。"

茶柱老师为什么要把这种事说给我听呢？

这个人没有什么身为班主任的自觉，觉得班级变得怎样都无所谓。我本来以为她是这样的人……

茶柱老师接着便没有再多说什么了。

6

我在学生会办公室的门口等待谈话结束。

C班与坂上老师走掉不久，须藤便出了办公室。他脸上的表情非常爽朗。

"看来顺利进行了呢。"

"虽然我不清楚具体是怎么回事，但应该是堀北帮我做了什么，对吧？"

我对须藤的询问轻轻点头答复。

"果然！我就知道她会为了我而出手帮忙。嘿嘿嘿。"

他看起来非常开心。

"那我要去社团活动了，我们有时间再办个庆功宴！"

"好。"

接着走出办公室的，是学生会会长与那名书记。

"辛苦了。"

我只是想稍微向他打声招呼，不过学生会会长却停下了脚步。

"我批准了 C 班提出的撤销控诉申请。"

"这样啊，还真是不可思议呢。"

堀北的哥哥就这样站着，用不知道在想些什么的眼神望着我。

"这就是你说的，能证明佐仓不是骗子的方法吗？只要 C 班撤销控诉，事情自然会蔓延开来。这么一来，也一定会产生谣言吧。说谎的不是须藤，也不是佐仓，而是 C 班。"

"是你的妹妹顺利促成的，我可什么也没做。"

"虽然听了答案觉得解决这件事情很简单，不过我还真是佩服。"

橘书记可爱地拍拍手。

"橘，书记还空着一个位子，对吧？"

"是的。上次申请的一年级 A 班学生，在第一次面试中被淘汰掉了。"

"绫小路，你如果愿意的话，我可以把书记的位子交给你。"

我吓了一跳，在一旁听着这些话的橘书记也极为惊讶。

"学……学生会会长……您是认真的吗？"

"有意见吗？"

"不……不是的。既然学生会会长您都这么说，我也没有异议……"

"我讨厌麻烦事，学生会可不是闹着玩的。我要过普通的学生生活。"

对于我的这些发言，橘书记更加地惊讶了。

"什么！你要拒绝学生会会长的邀请吗？"

"我只是没有兴趣而已，谈不上拒绝……"

不想做就是不想做。

说起来，我本来就没有半点理由受到邀请。

"走吧，橘。"

"好……好的！"

他们好像对表示拒绝的我失去兴趣，于是就离开了。

过了不久，堀北与茶柱老师现身了。

老师只简单瞥了我一眼，没特别向我搭话便离开了。

"嗨。"

我微微举起手，结果就被堀北以迄今为止我未曾见

过的表情恶狠狠地瞪着。

　　不过她随即就恢复了冷静的表情。

　　"结果怎么样?"

　　"不用我说你也知道了吧?"

　　"那就太好了,代表你的作战计划顺利进行了呢。"

　　"绫小路同学,你把我玩弄于股掌之间了对吧?"

　　"玩弄你? 你在说什么啊?"

　　"最早在教室提起监视器话题的就是绫小路同学你。接着把我带到特别教学大楼,让我发现没有监视器的也是你。接着最能让我确定的,就是你说出谎言也依然是真相,来诱导我去做伪证……现在想起来,我也只能如此推论。"

　　"你想太多了,这只是巧合。"

　　"你到底是何许人也?"

　　"何许人也? 我只不过是个避事主义者罢了。"

　　我也知道自己这次插手太多了,这点我需要好好反省。

　　敏锐的堀北在某种程度上已经知道了我的想法。

　　我必须缓和一下这种情况,因为我只想安稳度日。

　　"避事主义……既然这样……"

　　堀北正打算说什么,一名男学生朝着我们走了过来。

　　这并不是能让旁人听见的话题,因此我们彼此都陷入了沉默。

我们虽然只是在等他走过去，可是这名学生却在我们的面前停下脚步。这并非偶然。他有着一头自然卷的黑发，头发偏长。

他的身高与我几乎差不多，或者再高一些。我可以从他的侧脸看见其嘴唇正在毛骨悚然地冷笑。

"居然装设了监视器，你们做的事还真有意思呢。"

这个男人没望向我们，如此说道。

"你是谁？"

堀北不动声色地向来路不明的学生问道。

"下次就由我来当你们的对手，你们就好好期待吧。"

男生未回答问题，便迈步而出。我们只能默默目送那名男生，直到看不见踪影为止。

"那我先回去了啊。"

我感觉现在还是别跟堀北待在一起比较好，于是转身背对堀北。

"等一下。我话还没说完呢，绫小路同学。"

"在我的心里，话题早已结束了哦。"

我既没有回头，也没有停下脚步，就这样迈出步伐。

"你跟我约定好了对吧？你会帮我升上 A 班。"

"虽然是被半强迫的呢。所以这次须藤的事件，我不是也帮忙了吗？"

"我想说的不是这种事，我想知道你在想什么。"

　　"像是'好麻烦哦''真提不起劲'，等等。若是这种事的话，我倒是有在想。假如堀北你现在愿意取消约定，我打算乖乖地过着普通的校园生活，不以 A 班为目标。"

　　我期盼她能满足这个答案，可是堀北并没有听进去。

　　"你若真的不想，应该就不会帮忙，因为这才是避事主义。然而你却态度暧昧地协助着我们，这是为什么？"

　　堀北给出与以前截然不同的回复，我因而察觉到这应该是由于茶柱老师在背后牵线。

　　假如她知道我的过去，那这也没什么好惊讶的。

　　"大概是因为我想帮助第一次交到的朋友吧。"

　　继续在这里说下去的话，我似乎就会脱口说出不该说的话了。我加快了脚步。

　　没错。此时，我不知不觉得出了一个结论。

　　假如堀北要把 A 班当作目标，那么依目前的状况来说，这根本就是不可能的。

　　刚才那名疑似龙园的男生对我们下了战帖。这能理解成对方要开始进行狡猾、大胆且毫不留情的攻击。今后他应该是一个不可小觑的敌人吧。

　　接着是 B 班的一之濑及神崎。即使只有短暂接触，我也非常清楚那两个人很有本事。最重要的是，一之濑还采取了意想不到的措施，来一步步往上爬。

　　我无法理解她是以怎样的手段及步骤才达到了那种状态。

虽然我完全不懂她的目的，但是她迟早将成为一个巨大阻碍。

虽然我没接触过 A 班学生，但即使有凌驾一之濑之上的学生存在，也毫不奇怪。

换句话说，要在三年内升上 A 班，几乎可以说是毫无希望。

若要正面对抗这种情况的话……

"唉……"

我不禁微微发出了声音。

我真是笨蛋啊。

我热血沸腾个什么劲儿啊，还擅自去分析、评论 D 班。

我不就是因为讨厌这样，才选择了这所学校吗？

以上段班为目标的是堀北他们，不是我。

我只想过平凡、平静的日常生活。

我要是不这么做的话……是不行的。

因为我比任何人都了解我自己。

了解我自己是一个充满缺陷、愚蠢且恐怖的人。

后记

四个月不见了。我是衣笠彰梧。

入秋后天气仍然持续炎热，不知大家过得还好吗？

最近右侧腹闷痛、背痛，以及头痛晕眩，每天都不停地烦扰着我。

我会立刻去做个精密全身健康检查。普通的健康检查已经不行了，毕竟已经是个老头子了。

作为系列的第二本，继期中考试之后，校园又发生了以须藤为中心的骚动。这应该是因为老惹麻烦的人是不会轻易改变的关系吧。由于 D 班依然尽是些问题学生，团结一致的那天究竟何时才会到来呢……

下一本开始，故事将大幅地推进。应该可以说是围绕着班级点数的激烈竞争之第一幕。而且像是同班同学们看不见的一面，等等，我想也会逐渐明朗起来。请各位读者稍等，我会加油的。

感谢这次也替我画出美丽插画的知世俊作大人。我看见封面上的栉田时，简直被迷得神魂颠倒。您画得真棒。

但是请您不要每逢增加男性角色时就呕嘴。不管再怎么讨厌，男性角色都还是会登场哦！那么，就如我上回公开声明的那样，我请了知世俊作大人吃了一顿烤肉（请参阅第一本）。请问肉的味道如何呢？我当初原

定是要带您去吃一千两百八十日元的自助餐，但是在您的央求之下，结果我竟然请您吃了三千九百八十日元左右（一人价格）的高级烤肉。真不愧是您呢。下次换您请我，我想吃生鱼片，像是鲔鱼，或者鲔鱼，又或者是鲔鱼之类的。我们住得超级近，所以我可不会让您逃跑的。（我会在下一本的后记中报告是否有被请客）

以下是谢辞。

编辑大人，非常感谢您这次也陪伴着我直到截稿前夕。

我下次一定会报答您的这份恩情。"我可是在很早的阶段就写完原稿了哟！"我会对您说出类似这种话的，我想您一定会非常感动。不过要是最后关头又很紧凑的话，那就先说声抱歉啦。

最后，致各位读者。非常感谢大家这次也将第二本读到最后。即使是在我身体状况不佳，手无法随心所欲移动的时候，只要有拿起书本阅读的各位读者存在，便能鼓舞我向前迈进。今后我也会持续努力进步，还请你们多多指教。